朱刚 著

阅读苏轼

北京大学出版社
PEKING UNIVERSITY PRESS

图书在版编目（CIP）数据

阅读苏轼 / 朱刚著. —北京：北京大学出版社，2022.10
（博雅人文）
ISBN 978-7-301-33382-2

Ⅰ.①阅… Ⅱ.①朱… Ⅲ.①苏轼（1036—1101）–古典文学研究 Ⅳ.① I206.2

中国版本图书馆 CIP 数据核字（2022）第 176850 号

书　　　名	阅读苏轼 YUEDU SU SHI
著作责任者	朱　刚　著
责 任 编 辑	张文礼
标 准 书 号	ISBN 978-7-301-33382-2
出 版 发 行	北京大学出版社
地　　　址	北京市海淀区成府路 205 号　100871
网　　　址	http://www.pup.cn　　新浪微博：@北京大学出版社
电 子 信 箱	pkuwsz@126.com
电　　　话	邮购部 010-62752015　发行部 010-62750672 编辑部 010-62767315
印 刷 者	涿州市星河印刷有限公司
经 销 者	新华书店 889 毫米 ×1194 毫米　32 开本　7.625 印张　161 千字 2022 年 10 月第 1 版　2024 年 10 月第 6 次印刷
定　　　价	59.00 元

未经许可，不得以任何方式复制或抄袭本书之部分或全部内容。
版权所有，侵权必究
举报电话：010-62752024　电子信箱：fd@pup.pku.edu.cn
图书如有印装质量问题，请与出版部联系，电话：010-62756370

目次

一 苏轼传 / 001

1. 科举士大夫 / 003
2. "变法"风潮 / 013
3. 东南第一州 / 021
4. "乌台诗案" / 027
5. 东坡居士 / 036
6. "庐山真面目" / 058
7. 王、苏和解 / 070
8. 元祐大臣 / 077
9. "还来一醉西湖雨" / 085
10. 万里南迁 / 092
11. 海角天涯 / 106
12. 走向生命的完成 / 116

二 作品赏析 / 127

江城子·密州出猎 / 129
水调歌头·丙辰中秋，欢饮达旦，大醉，
　　作此篇，兼怀子由 / 136

日喻 / 142

定风波 / 150

后赤壁赋 / 158

如梦令二首 / 172

试笔自书 / 177

六月二十日夜渡海 / 182

三 名家视角 / 187

黄庭坚《东坡先生真赞》 / 189

王水照《苏轼的影响》 / 191

山本和义《诗人与造物》 / 195

四 苏轼年谱 / 209

赵孟頫作行书《前后赤壁赋卷》册首东坡小像

一 苏轼传

虽然人生无常,在这世上的行踪也偶然无定,留下的痕迹也不可长保,但只要有共享回忆的人,便拥有了人世间的温馨。这不是禅,而是人生之歌。

1. 科举士大夫

传统中国的作家、诗人，多半有官员身份，就是所谓的"士大夫"。不过，同样是士大夫，在唐朝以前和宋朝以后，却有性质上的重大变化。唐朝以前的士大夫多为门阀贵族，宋朝以后则以科举出身的进士为主。

几乎所有民族的历史，都会经历贵族社会的阶段。中国最典型的贵族社会是在魏晋南北朝时期，数量有限的几家贵族以联姻的方式组成集团，把持朝政。如果有幸出生于这样的家族，那便是血统高贵，有上进心的人可以受到良好的教育，没有上进心的人仅凭血统也可以做官，继承其世袭的特权。可想而知，在这样的制度下，贵族是不怎么害怕皇帝的（他们最怕的是军阀）。那皇帝虽然至高无上，但为了维持统治基础的稳定，在面对拥有巨大的庄园经济和其他社会资源的贵族时，也必须以理智的方式与他们妥协，朝堂上则表现为虚心"纳谏"。这当然会令"暴君"很不开心，于是著名的"暴君"隋炀帝便发明了一种叫作"进士科"的考试制度，通过考试来获取他所需要的官员。唐太宗虽然比隋炀帝显得更善于"纳谏"，但他也继承了炀帝对进士科的重视。等到武则天称帝，遵守封建礼教的贵族们都反对她"牝鸡司晨"，而血统不太高贵的进士们却容易支持她，只要能获得提拔，他们不怎么在乎皇帝的性别问题。所以，武则天就大批地提拔进士。唐代中叶的"安史之乱"以及乱后产生的割据军阀，持续地摧毁着门阀贵族的势力，中唐以后的朝廷，基本上就靠进士出身的官员来维持了。这样，从比较宏观的历史视野来看，唐朝的士大夫阶层就处在"门阀士大夫"向"科举士大夫"转变的交替期，而宋朝以后，便完全进入"科举士大夫"的时代。

相比于门阀贵族，科举士大夫对皇帝和朝廷更忠心，他们从考场起家，为"天子门生"，受到皇帝委任，是"朝廷命官"，其中相当一部分并没有显赫的家世，得不到家族实力的支撑，其荣辱沉浮全听朝廷之命，只能与朝廷同呼吸、共命运。这是一个职业官僚的阶层，朝廷依靠科举制度不断为这个阶层换血，保证其活力。宋元以来，凡政治活动、经济决策、法律裁断、军事指挥、文化创造……在中国社会的几乎所有领域，科举士大夫都是当仁不让的主角、精英。所以，杰出的科举士大夫几乎是全能的：既是政治家，也是思想家、学者、诗人，或者还是军事家和外交官，等等。他们所创造的文化，带有许多与其身份相对应的特征，可以称为科举士大夫文化，也就是一种精英文化。

当然，中国是个多民族国家，各民族的发展历史并不同步。汉族产生了科举制度后，其他民族还处在贵族社会乃至更原始的阶段。元朝蒙古族和清朝满族入主中原，给中国的统治阶层再次带来贵族，情形变得更为复杂。相对来说，宋朝特别是北宋，为汉族科举士大夫文化的发展提供了较为单纯的环境。雕版印刷术的及时出现，使北宋士大夫的创作能大量流传后世，而范仲淹、王安石的政治学说，张载、程颢、程颐的哲学，司马光、范祖禹的史学和欧阳修、苏轼的文学，就足以代表这种精英文化全面繁荣的灿烂景观。尤其是苏轼，在经学、史学、诗词、文章、书画、医学、宗教、政治、水利等几乎所有领域，都达到了一流水准，如此全能的"通才"，堪称精英文化极盛的象征了。

苏轼（字子瞻）确实是个科举的"骄子"。他出生于北宋第四个皇帝宋仁宗的景祐三年（1036）十二月十九日（西历1037年1月8日），出生不久便逢过年（西历1037年1月19日为正月初一），按当时的算法，过了年就是两岁了，到嘉祐二年（1057）进士及第时，算是二十二岁，实际上只有二十足岁。他的家乡四川眉山离京城开封相当遥远，父亲苏洵（字明允）也是个有名的文人，但一辈子都没考上进士，而苏轼与他的弟弟苏辙（字子由）却考运亨通，第一次赴考就金榜题名。

一般来说，考运不好的人，总是对考题或评卷方式充满意见，强调其间大有不够合理乃至埋没真才之处，苏洵也不例外，他多次指责当时的考官太注重声律、对偶之类的技术性规范，而不顾文章内容是否杰出。苏洵的传记作者为了肯定他的写作水平，也大抵赞同这样的指责。但这并不说明当时的科举真的一无是处，比如欧阳修只比苏洵大两岁，面对的科场规则完全一致，但他却顺利考上进士。苏洵有个哥哥叫苏涣，兄弟俩所受的教育应该相差不大,但苏涣也考上了进士,而且这位伯父对幼年的苏轼、苏辙很有激励作用。轼、辙兄弟是苏洵亲手指教出来的,既是儿子也是学生,他们的一举登科,让苏洵几乎无话可说。当然,在苏洵看来,这在很大程度上要感激嘉祐二年的主考官欧阳修,他对于文章的见解与苏洵颇有相同之处,所以具备鉴赏苏氏文章的能力。这大致也符合事实,但另一方面,客观地说,苏洵虽是著名的文章家,其诗赋却并不出色,而诗赋正是当时科举考试中最受重视的体裁,自隋唐以来就是如此。与他的情况不同,轼、辙兄弟在写作上非常全面,尤其是苏轼,几乎兼擅所有的体裁,而且在诗赋上极具天分,对诗赋的爱好也贯穿终生。这不但令他们科考顺利,在后来王安石主持科举改革,要废除诗赋的时候,苏轼就强烈反对。

当然更为重要的是,这一次赴考也使苏轼兄弟拜入了主考官欧阳修的门下。按科场的规则,主考官是所有考生的"座师",而被录取及第者,便都是他的"门生",这些"门生"之间则互称"同年"兄弟。自唐代中期以来,"座师—门生"关系和"同年"关系,就是科举士大夫组织政治党派的重要纽带。如果说,贵族士大夫最依赖的是父子、兄弟等先天的关系,那么科举士大夫重视的此类关系,就仿佛是后天的父子、兄弟关系,而民间的江湖上则越来越多地出现"结义"的父子、兄弟关系(如小说《三国志演义》《水浒传》所反映的那样),对于贵族所依赖的家族关系,这是既模仿又变革又对立,在理解中国社会的时候,是很值得关注的现象。在今人看来,"座师—门生"关系

一 苏轼传　007

欧阳修像

和"同年"关系可能与师生、同学关系相似,但现代的师生、同学关系建立在学业上,而对于科举士大夫来说,这首先是政治上的关系,虽然他们议论这类关系的时候,也强调学问,但一定是有政治需求作为动机的。当我们阅读韩愈的《师说》时,这一点也应该注意,因为韩愈所处的中唐时代,正是科举士大夫在政治舞台上显著崛起的时代。到了苏轼的时代,情况虽已有较大的变化,但此类关系仍受到重视。

实际上,嘉祐二年的这一榜进士,除苏氏兄弟外,还包括了著名的文学家曾巩,哲学家张载、程颢,后来鼎力协助王安石"变法",官至宰相、执政的章惇、曾布、吕惠卿,以及在开辟西北疆土上很有成就的军事家王韶,称得上人才济济。这可以证明欧阳修的眼光确实不错,但在接下来的政治生涯中,吕惠卿将成为苏氏兄弟最憎恶的政敌,章惇当政的时候,则将苏轼流放到了海南岛。不过,由于此年的状元章衡是章惇的侄子辈,章惇耻居侄子之下,自己放弃了进士资格,两年后再赴考,重新考上,所以严格地说他不能算苏轼的"同年"。这一届"同年"中还有朱光庭,拜了程颢、程颐做老师,后来严厉弹劾苏轼;还有林希,后来被章惇提拔,起草贬谪苏轼的诏令,极尽丑诋。比较有趣的是,歙州绩溪县有个汪深,也考上这一年的进士,汪家还有个书童王淑,跟着主人一起去考,居然也考上了,而且排名在曾巩之前,于是"我压得曾子固"成为他一生的骄傲。后来苏辙当绩溪的县令,与汪家关系很不错。与苏轼关系比较好的"同年"还有晁端彦,他的侄子晁补之后来拜入苏轼的门下；黄好谦，后来与苏辙结为儿女亲家；刘庠，他的孙子刘沔喜欢收集苏轼的作品，后来为苏轼编辑文集。至于宋明理学的开创者张载、程颢，则与苏轼关系不深，程颢因他的岳父是欧阳修的政敌，所以他跟欧公也不亲热，他的弟弟程颐没考上进士，后来却因司马光的推荐而入朝，成为苏氏兄弟的政敌。若说苏轼最敬佩的一位"同年"，大概要数曾巩，他是王安石的好朋友，但后来并不支持王安石"变法"。曾巩的弟弟曾布也是同榜进士，但曾布却是王安石的得力助手。曾氏兄弟的政见不太一致，苏氏兄弟则始终同进退、共祸福。可见，"同年"进士们后来走上了各不相同的人生道路，现在看来也各有所长，不过，有相当多的史料表明，在这么多"门生"中，当年的"座师"欧阳修最欣赏的就是苏轼，他敏锐地发现苏轼将是下一代的文坛盟主，表示要主动让路，"放他出一头地"。

科举考试不光包括"进士科"，北宋还有一种叫作"贤良方正能直言极谏科"的"制科"，也叫"大科"，考上的人能获得较快升迁。所以，在欧阳修等人的推荐下，苏氏兄弟又于嘉祐六年（1061）参加了"制科"考试，结果又是连名并中，苏轼还获得了北宋设置"制科"以来的最高成绩。并不是所有主事人都像欧阳修那样欣赏苏氏兄弟的，但只要是通过考试来选拔，就难不倒这两个人。在科举制度的积极作用发挥得最为正常的时代，他们成为该制度优越性的最佳证明。当然，兄弟二人齐头并进、联袂登科，也很有轰动效应，据说连仁宗皇帝也被这轰动效应所感染，他回宫后对曹皇后说："朕今天为子孙找了两位宰相。"此语深刻地印在曹皇后的心中，后来当了皇太后、太皇太后的她，直到临死还在维护身陷囹圄的苏轼。而且，在她的影响下，宋宫后来的历代太皇太后、皇太后，都对苏轼恩遇有加。但是，宫廷政治使太后与皇帝之间名为祖孙母子，实为政敌，总是被太后所喜欢的苏轼，当然也总是被皇帝所恼怒，这是后话了。

通过考试而进入仕途，是科举士大夫人生的第一步成功，对苏轼来说可谓轻而易举。不过，进入仕途自然也就意味着要与家人告别，嘉祐六年，苏轼奔赴他的第一任官职凤翔府签判时，就与送行的苏辙难舍难分，写下"亦知人生要有别，但恐岁月去飘忽"（《辛丑十一月十九日，既与子由别于郑州西门之外，马上赋诗一篇寄之》）的诗句。当他告别弟弟，继续前行，路过渑池（今属河南）时，想起五年前兄弟初次赴京应试，也曾路过此地，借宿于寺庙之中，题诗壁上，而如今寺中老僧已然化去，题诗的墙壁也已毁坏，便感慨系之，作《和子由渑池怀旧》一首：

> 人生到处知何似，应似飞鸿踏雪泥。泥上偶然留指爪，鸿飞那复计东西。老僧已死成新塔，坏壁无由见旧题。往日崎岖还记否，路长人困蹇驴嘶。（自注："往岁马死于二陵，骑驴至渑池。"）

这可以视为苏轼生平中第一首影响深远的诗作，雪泥鸿爪一喻，至今脍炙人口。然而，这雪泥鸿爪的喻义究竟为何，却费人寻思。简单地说，就是太渺小的个体不由自主地飘荡在太巨大的空间之中，所到之处都属偶然。古人注释苏诗，多引宋代天衣义怀禅师的名言"譬如雁过长空，影沉寒水，雁无遗踪之意，水无留影之心"（见惠洪《禅林僧宝传》卷十一）来注释此句，认为苏轼的比喻是受了这禅语的启发。从时间上看，义怀比苏轼年长数十岁，苏轼受他的影响不无可能。但也有人指出，嘉祐年间的苏轼还没有参悟禅学的经历，未必会在诗中用入禅语。我们且不管两者之间是否有渊源关系，比较而言，潭底的雁影比雪上的鸿爪更为空灵无实，不落痕迹，自然更具万事皆属偶然、本质都为空幻的禅意。不过，从苏轼全诗的意思来看，恐怕不是要无视这痕迹，相反，他是在寻觅痕迹。虽然是偶然留下的痕迹，虽然留下痕迹的主体（鸿雁）已经不知去向，虽然连痕迹本身也将在时间的流逝中渐渐失去其物质性的依托（僧死壁坏，题诗不见），但苏轼却能由痕迹引起关于往事的鲜明记忆，在诗的最后还提醒弟弟来共享这记忆。所以，义怀和苏轼的两个比喻虽然相似，但禅意自禅意，诗意自诗意，并不相同。

是的，虽然人生无常，在这世上的行踪也偶然无定，留下的痕迹也不可长保，但只要有共享回忆的人，便拥有了人世间的温馨。这不是禅，而是人生之歌。诗人对人间温情的重视，使他曾经把政治看得比较简单，在为了报考"制科"而作的《贾谊论》一文中，他批评贾谊太急于获得权力，得罪了一批老臣，所以生在汉文帝这样一个明君的时代，还会因怀才不遇而死，按苏轼的意见，贾谊应该先与汉文帝君臣搞好关系，"优游浸渍而深交之，使天子不疑，大臣不忌，然后举天下而唯吾之所欲为，不过十年，可以得志"。这《贾谊论》后来被视为古文的名作，但实际上苏轼写作此文时才二十余岁，从中不难看出，经科举而顺利出仕，并获得宋仁宗、欧阳修君臣之赏识的苏轼，认为跟任何人打交道都不是困难的事，只要跟政界的前辈结下深厚的交情，自己的前途就是十分光明的，"不过十年，可以得志"。当然，后来的仕途风波将证明这只是一厢情愿而已，但即便经受种种打击，苏轼仍能坚持对人情的乐观信念，他不断地把政敌变为朋友，寻求友谊以抚平伤痛，包括那些严重伤害过他的人，他也试图与之沟通，并获得相当的成功。这是苏轼一生中很令人感动之处，与他早年出仕的顺利不无关系。

2. "变法"风潮

苏轼并不是宋朝第一代"科举士大夫"。在他之前,已经有许多杰出的士大夫,为北宋朝廷铸就了"士大夫政治"的基本格局。

本来,科举出身的官员,其地位和权力仅来自皇帝的一纸任命书,不像贵族官僚那样背后有家族、集团、地域的政治、经济、军事实力为依托,也就是说,贵族官僚是某种实力的代表,而进士们则没有这种代表性,他们只能依靠皇帝,看皇帝的脸色做事,谋得信任和富贵。他们的优点是拥有知识,以及伴随知识而来的"合理"观念,或者对于意识形态的把握。也可以说,他们能够"代表"的就是"合理"观念、意识形态,或者如他们经常宣称的那样,"为民请命",抽象地"代表"所有的民众。但是,大凡开国皇帝,对抽象观念的尊重总是有限的,面对百废待兴的国家,他一定更重视实务能力,同时也因为他本人的能力、主见、个性都比较强,所以他更喜欢听话办事的人。在这样的形势下,科举士大夫其实不过是皇帝的用人而已,何况还有一大批开国功臣占据着重要位置,留给进士们的空间当然很有限,他们的知识和才华基本上只起到点缀升平的作用。然而,随着功臣们的过世,皇帝个人能力的弱化,以及进士在官僚队伍中的比重提高,他们的"合理"观念就会发挥越来越大的作用。到了宋仁宗庆历(1041—1048)年间,范仲淹、欧阳修等人就崛起于朝堂,呼吁士大夫的道德"名节",要求知识官僚以其学识为依据来实行政治改革,建设一种"合理"的政治,史称"庆历新政"。

其实,在仁宗之前的宋真宗时代,"士大夫政治"的格局已基本形成。真宗前后任命的宰相,如李沆、寇准、王旦、向敏中,都是太平兴国五年(980)的同榜进士。这是科举士大夫政治的初期形态,同榜进士亲如兄弟,互相提携,轮流掌握朝政,而其他年份考上来的进士,则与他们明争暗斗,形成所谓"党争"。史书上说,真宗朝的"党争"是君子、小人之争,寇准、王旦等是君子,对立面是小人。事实上,双方只是不同年份的进士,虽然具体主张的政策各有利弊可言,个人品德也有高低,但就政治制度本身,都没有表达出按"合理"原则进行改革的愿望,各人的心目中都还没有关于什么样的政治才是合理政治的理想图景。而"庆历新政",虽然改革的力度也不是很大,却令人刮目相看。具体政策的施行效果如何,并不是最重要的,关键在于范仲淹、欧阳修明确地提出士大夫要"以天下为己任",他们的性质不是皇帝的用人,而是这个国家的政治家,按照自己的学识和理想来从政,这叫"以道事君"。同时,万事万物都有合理的规则,"士大夫政治"也有它的"纲纪",要按照"纲纪"来管理士大夫队伍,而皇帝不过处在这个队伍的顶端而已,所以,通过教育、谏诤和对意识形态的强调,他们还要把皇帝也打造成一个士大夫,从而使北宋朝廷完全纳入"士大夫政治"的合理轨道。

范、欧等人的言行引起了巨大的社会反响,激成了一代知识官僚的"士气"。现代的历史研究者把这一代士大夫称为"庆历士大夫",他们的精神在苏轼笔下有很扼要的概括,他说,庆历以前的士大夫都"因陋守旧,论卑气弱",而经了欧阳修等人的激励后,"天下争自濯磨,以通经学古为高,以救时行道为贤,以犯颜纳说为忠"(《六一居士集序》),就是通过对经典的刻苦学习,形成一套自己的学说,主动参与政治,并强硬地把合理的主张灌输给皇帝,迫使他接受。我们从这里也可以看到科举士大夫政治的特征:因为他们不是某一实力集团的代表,所以这种政治也不是各种社会势力及其利益、愿望之间的妥协调和,而是首先表现为对"合理性"的论争、实施和维护,并且这种"合理性"的获取途径,经常是从抽象理论出发延伸到实际事务,而不是相反。

范仲淹死得早,欧阳修却亲眼看到了受他影响而起的下一代士大夫的成长,看到他们比自己走得更远:他们对经典更为迷恋,学习更为刻苦,学识更为渊博,道德自律更强,生活俭朴,个性执拗,不惜一切代价捍卫自己的"合理"原则,冒犯君主、上司都在所不计,视富贵如浮云,视官位如敝屣,视天下如其学说、政见的实验室,而大抵都拥有不少追随者,社会声誉甚高。晚年的欧阳修觉得这样有些过分,他曾试图利用自己的权力来打击这种流于"怪僻"或"不近人情"的风气,但他已经老了,没有能力阻止其发展。当然,也并不是说下一代士大夫个个如此,苏轼就不是这样执拗的人,他重视人情,遇事通达,但他似乎注定要与性格执拗的士大夫打一辈子交道。

苏洵去世于宋英宗治平三年(1066),当时苏轼已从凤翔府回到京城,担任"直史馆"的职务。按照丧礼,他和弟弟辞去一切官职,护送父亲的灵柩回到眉山,然后守孝三年(实际上是二十七个月)。在此期间,英宗驾崩,其子赵顼继位,就是以"变法"著称的宋神宗。熙宁元年(1068),翰林学士王安石被神宗召见,力陈"变法"大计,次年担任参知政事(副宰相),设置了一个叫作"制置三司条例司"的新机构,招引一批比较年轻的新锐士大夫,策划"新法",逐步实施。然而,以司马光为核心的另一批士大夫则反对"新法"。两派激烈争论,形成"新旧党争"。恰在此时,苏氏兄弟回到京城。从此以后,直到去世,苏轼的仕途、学术和文艺创作,都与"变法"引起的政治风潮密切相关。

这里不拟详细地介绍王安石的"新法",从现在的视点来看,那内容多数属于财经政策的范畴,经济史家可以具体地探讨其利弊,但当时的士大夫,包括王安石在内,都不是单纯从财政角度来看待"新法"的。王安石对于古代经典的研究相当深入,形成了一整套与前人不同的思想学说,史称"荆公新学"(王安石后来被封为荆国公),其出任执政官的条件,就是皇帝须成为他的学生,完全按他的学说来施政,遇到反对也不能动摇,稍有妥协,他就辞职不干。所谓的"新法",按他的表述,每一

苏轼《治平帖》

条都有经典的文字为依据，而多数出自《周礼》。这就牵涉许多学术问题，首先是《周礼》这部书的性质问题。自欧阳修以来，许多士大夫已经把此书视为"伪经"了，像司马光、苏轼等人，就都不信此书；其次是经典的文字本身就存在一个如何解释的问题，除了王安石的忠实弟子外，其他士大夫也熟读经典，他们的理解与王安石多少都有差异。实际上，越是学问好的人，越不可能完全接受王氏的一家之说，即便勉强接受，除非从小就跟随王氏读书，否则也很难准确理解他的思想。这样分析时，当然已将动机不纯的政客排除在外了。若从士大夫恪守自己的"合理"原则，忠实于思想学问，坚持道德"风节"的角度说，与王安石最为一致的不是别人，恰恰便是司马光，他出任执政官的条件是："新法"必须一条不留地全部废除，绝对不容含糊。在"新法"问题上如此针锋相对的两位士大夫，立身行事的风格却相当近似，堂堂大丞相，一个卧拥布衾，一个出骑瘦驴，为了不近女色，都弄到后嗣乏人。在早年的仕途上，他们都曾被欧阳修推荐提拔，受恩不浅，但他们决不因此而亲近欧公。司马光在宋英宗时代就与欧阳修争论朝廷典礼，激烈冲突；王安石则拒不接受欧阳修对他的夸奖，一点不给情面。而且在王安石看来，苏轼与欧阳修的关系那么好，就说明苏轼是个趋炎附势的"邪恰之人"。当然，在司马光的《资治通鉴》编修小组中，王安石的那套"新学"也被视为"妖言"，而王安石眼里的司马光，则是思想独立性不够的"流俗"之人。

像苏氏兄弟那样著名的才子回朝，朝廷当然要考虑委以重任。可惜王安石认为苏轼的品德、学识都有问题,屡次反对宋神宗起用苏轼的提议,只给他安排了一个闲职,故熙宁二年(1069)初刚回京城的苏轼,表现得比较沉默。倒是苏辙向皇帝上书论政,把时弊概括为"冗官""冗兵""冗费"三端。这"三冗"之说,后来常被引用,成为对北宋时弊的经典论述。神宗皇帝看到苏辙对财政问题也有研究,就将他指派到王安石领导下的"制置三司条例司"工作,协助筹划"新法"。没有想到,苏辙对于王安石等人设计出来的"新法",几乎没有一条是赞同的,在"条例司"天天与他们争论,直到八月份,留下一封辞职书,自动脱离了。而苏轼对于"新法"的反对,则始于当年五月,王安石提议改革科举制度的时候。

自隋唐以来,"进士"科考试的主要内容是诗赋,所以号称"诗赋取士"或"文学取士"。王安石认为科举要录取政治方面的人才,以文学作品为考题是十分荒唐的,应该废弃诗赋,改考经义(经学论文)、策论(政策提案)。皇帝下旨让群臣讨论,于是苏轼上书,说这样的改革貌似合理,实际上将在考评成绩时引出严重的弊病,因为对诗赋写作水平的衡量,有格律为准,比较客观,而对于经学、政治观点的高下判别,则无非党同伐异而已,那也将导致天下考生都去迎合执政者的意见,投其所好,令风气大坏。所以,苏轼反对科举改革。据史料记载,他这封上书差点说服了宋神宗,但当然不可能说服王安石,在后者的坚持下,科举改革完全按设计好的方针进行了。

恰巧同在五月份,御史台(监察机关)开始弹劾王安石,而王安石摆出离职不干的姿态，居家不出，以为对抗，"新旧党争"激化。神宗皇帝尝试调解，没有成功，于是决定清洗御史台，支持王安石。朝野大哗，继苏辙辞职后，"旧党"官员纷纷调离京城。苏轼则以弟弟的辞职书为基础，加以发挥，在十二月的严寒中写成了长达万言的《上神宗皇帝书》，逐条批驳"新法"。神宗未予理睬。过了年后，元老重臣韩琦、欧阳修等也从外地送来奏疏，反对"新法"。由于英宗、神宗并非仁宗皇帝亲生的子孙，他们从皇室支系中被挑选出来，入继大统，是由当年的宰相韩琦一手搞定的，所以韩琦的态度对朝廷有甚大的压力，乃至于京城内谣言渐起，说韩琦要带兵进京"清君侧"了。王安石再次居家不出，以为对抗。苏轼也再次上书，借韩琦奏疏引起的倒王之势，推波助澜，要求立即罢免"小人"王安石。然而，苏轼的"同年"吕惠卿、曾布等人，则起草了一个反驳韩琦奏疏的文件，征得皇帝同意后，公开颁布天下。王安石度过了这次最大的政治危机，在皇帝的坚决支持下，大获全胜。"清君侧"的兵马并不曾来，此种谣言只会令忠心耿耿的韩琦在政治斗争中失去主动权，欧阳修也提前申请退休。到了熙宁四年（1071），司马光、苏轼也被调离京城，由"变法"引起的政治风潮趋向平息。司马光调到陕西不久，便辞去工作，带着他的《资治通鉴》编修小组，回到洛阳安心编书去了；苏轼则改任杭州通判，于年底到达了钱塘江边的"东南第一州"。

3. 东南第一州

通判一职，是北宋初年为防止地方长官（知州）独揽一方大权而新设的，其品衔虽较知州为低，但以联合签署公文的形式，对知州起到监督作用，所以也称为"监州"。从熙宁四年（1071）的岁末到熙宁八年（1075），苏轼在杭州通判任上有三年多。早在唐代，东南地区已是全国的经济中心，杭州经过五代时期钱氏吴越国的经营，更获"东南第一州"之美誉。宋神宗、王安石的财政改革，以增加政府的收入为现实目标，对东南地区自然不能轻易放过，他们派出了许多"提举"官（就是钦差大臣），专门指挥当地的"新法"执行事宜，所以，苏轼的东南之行虽然离开了京城的"变法"风潮，却无法摆脱"新法"及其"提举"者的压力。走马上任的他，立即碰上"提举两浙盐事"卢秉严厉打击盐贩子的政策，卢秉获得无数的盐税向朝廷报功，换来的是无数营销"私盐"的罪犯等着苏轼去审讯发落。然后，为了保证"官盐"的运输，还要开通一条"运盐河"，苏轼受命巡行属县，监视开河工程的进行，又被派往湖州，"相度堤岸利害"。可以想象，被自己所反对的事弄得如此忙碌的苏轼，会以什么样的心情去工作。

不光如此，熙宁六年（1073），朝廷又设立了"经义局"，在王安石的领导下，修订《诗经》《尚书》《周礼》三部经典的标准解释，当时谓之"三经新义"，用于科举考试。如此一来，"新学"成为权威意识形态，所有希望通过科举走上政坛的年轻人都必须先接受和背诵王氏的"经义"，形成思想文化的独断局面。这就使苏轼不但作为一个官僚陷入了困境，作为一个文化人亦面临着前所未有的桎梏。值得补充说明的是，用规定了标准解释的"经义"考试代替诗赋考试，也改变了科举制度的历史，即从"文学取士"向"八股取士"转变，因为王安石考的"经义"文，就是后世八股文的前身，只不过后世以朱熹的《四书集注》取代"三经新义"为标准解释而已。

江南农村的风光，千姿百态的西湖，秀丽如画的吴山和惊心动魄的钱江潮，本来是造物对诗人的最好馈赠。苏轼也无负于这番馈赠，他为杭州的山水留下了许多家喻户晓的名句，使这些山水永远跟他的名字联系在一起，也从此改变了杭州的形象：这个钱粮盐布的都会因为苏轼而转变成艺术和美的栖息地，至今神韵流淌，风月无边。除了诗歌外，他也开始了填词的创作，这种新兴的文体将在他的手上大放光彩，成为宋代文学中最迷人的体裁。然而，自从科举改革以后，诗赋已经真正成为无用之物，迷恋诗赋艺术而不能接受"三经新义"的人将终生被关在科举大门之外，读书人若因为作诗而耽误了"经义"的功课，将被认为不求上进。这就好像《红楼梦》里的贾宝玉，他的诗赋水平至少高于考上了进士的贾雨村，但就因为不肯认真学习科举要考的"四书"，便大受父亲的榎楚。作为科举士大

苏轼《西湖诗卷》(局部)

夫的苏轼，也许应该庆幸自己在科举改革之前已考上了进士，但令他难堪的是，在"三经新义"被规定为唯一正确之观点的局面下，他的思想、学识和才华不但妨碍了自己，对于被他感染、受他影响的人也是有害的。文化人所遭遇的不幸，大概莫过于斯。我们对于人生态度，大致以积极为可贵，以消极为不可取，但在某些时候，实在陷于两难的境地。比如苏轼最欣赏的学生秦观，用"才华横溢"形容他是绝不过分的，但年龄关系使他不得不面对改革后的科举，饱尝落第的滋味，苏轼只好劝他对"三经新义"也下点功夫，以利再考。这个时候他不能积极地勉励自己的学生去反对思想专制，为了秦观的前途，他必须背叛自己的思想。

不过，在更多的场合，苏轼选择了反抗。他有自己的交游圈，而且不断扩大，他的名声和才华，或许也得加上他的性格魅力，吸引着越来越多的年轻人成为他的赞同者、追随者。更为重要的是，苏轼所处的时代，正值雕版印刷术发明不久，开始普及。换句话说，就是中国历史上超前地出现了近代化的传播媒体，开始拥有"出版"事业，从而也开始拥有了真正意义上的"舆论"的时代。从前的出版业以印刷儒佛经典和前代文集为主，苏轼的到来，则令杭州的出版商开始考虑出版他的作品集，不久以后，书市上便出现了《苏子瞻学士钱塘集》，这是我们目前为止可以确知的作家生前出版文集的最早例子，也就是中国诗人与出版业的最早携手。苏轼在他的诗文创作中寓含的反对"新法"之意，憎恶"新党"之情，借助于近代化的传播媒体，不胫而走，越来越发挥出"舆论"的威力。虽然苏轼之前的历史上也不乏与当朝君相政见不同，私加非议者，但其传播范围毕竟有限，若无人告密，君相也未必得知，而传统儒家也主张执政者以"有则改之，无则加勉"的态度去面对批评，因为即便是错误的批评甚或恶意的诽谤，从无权无势的人嘴里发出，也没有多少恶劣的影响，不妨表示宽容。然而，印刷术的普及使情况发生了根本性的变化，得到出版业相助的苏轼，就像一个插翅飞翔的非议者，他的声音会传遍国土，乃至响达境外，压迫所有人的耳膜，严重地影响和阻碍当前政策的贯彻推行。北宋专制国家确实碰上了前所未有的新课题，在这个时代简单地遵从"有则改之，无则加勉"的古训，不加处置，便等于放任反对者占据宣传阵地，掌控舆论。所以，"新党"中有见识的人，一定会因此而关注苏轼的创作倾向。这样的关注，是前代大诗人如屈原、陶渊明、李白、杜甫所未曾经受的。

《梦溪笔谈》的作者沈括，曾受神宗皇帝之命，视察浙江，他一到杭州就发觉了问题的严重性。虽然他还未必看到《苏子瞻学士钱塘集》的出版，但可以肯定，他已经被脍炙人口的苏轼作品所包围。不需要苏轼本人的帮助，他就非常容易地搜集到苏轼的许多诗文，带回开封向皇帝报告。他指出这些诗文中讽刺挖苦"新法""新党"的寓意，建议朝廷给予严肃处理。可能因为此时反"新法"的风潮刚刚平息，神宗不想马上再生事端，故暂时未采纳沈括的建议，但这件事无疑便是后来"乌台诗案"的伏笔。顺便提及，作为北宋首屈一指的科学巨匠，沈括对印刷技术的发展也有密切的关注，我国历史上有关活字印刷的最早记载，就出自沈括的笔下。在政治上，沈括属于"新党"，与苏轼为敌。

从现存史料来看，苏轼对沈括的秘密控告，似乎浑然无觉，他一如既往地工作、游览、写诗、出版，并未意识到危机的迫近。当然，若仅从为官的资历、品级而言，堂堂大州通判对于不到四十岁的他来说，也不算委屈了，虽然在政治斗争中已经历过一次惨痛的失败，但那就像夏日西湖上的一场暴雨：

> 黑云翻墨未遮山，白雨跳珠乱入船。卷地风来忽吹散，望湖楼下水如天。（《六月二十七日望湖楼醉书五绝》之一）

这一场暴雨，随云起而来，随风吹而散。来时势如奔马，黑云尚未遮断山际，豆大的雨点已经阵阵打向湖面。雨点之大使人望之而觉其为白色，雨点之重使之从湖面又反弹起来，但反弹起来的水珠却又如此轻盈，犹如蹦跳的明珠纷纷洒落游船之上。然后又是一阵急风卷地而来，却将暴雨吹散。雨过天晴，涨起的水面恢复了平静，倒映着一片蓝天。雨后的天无云，风过的水无澜，纯是水天一色的清清爽爽。这是一场暴雨的始末，岂不也是人生经历风雨的写照？令苏轼感触良深的西湖之雨，多年以后还会重现在他的笔下。而肯定是因为苏轼的缘故，诗中的"望湖楼"至今依然耸立在西湖之畔。

4. "乌台诗案"

杭州通判任满之后，苏轼于熙宁八年(1075)改任密州知州，次年又移知河中府，熙宁十年(1077)二月，在赴河中府的路上接到命令改任徐州知州。按惯例，他要先到京城述职，然后赴任，但到了开封城外，却被拒绝进城，所谓"有旨不许入国门"。这是一个警告，表示皇帝不想见到他。苏轼只好直接去徐州上任，却碰到黄河决堤，水汇徐州城下，于是这位诗人表现出了他作为"能吏"的一面，亲率当地军民筑堤救灾，还因为成绩显著而受到嘉奖。纵观苏轼的一生，他在地方官任上大抵都有些作为，而被当地的人民所喜爱，但这并不能改变他在"党争"中的命运。

此时在朝廷执政的"新党"，却发生了分裂的危机。自熙宁七年(1074)至九年(1076)间，王安石遭到以吕惠卿为代表的少壮派的惨重打击，两次罢相，最后闲居于江宁府(今江苏南京)，变成了终日喃喃自语的骑驴病叟。失去了精神导师的宋神宗碰到前所未有的尴尬局面：为了对得起王安石，他不能起用吕惠卿，但剩下来出任宰相的，一个是王安石的亲家吴充，一个是几乎没有什么政见的王珪。于是，他不得不亲自主持政务。可是，在中国传统的政治格局中，皇帝亲自主持政务是极其危险的。当权力在宰相手上时，这权力是可以批评的，批评者的安全由皇帝来保护；而一旦由皇帝亲自掌握大权，这权力便不可批评，就算那皇帝圣明无比，不可批评的权力也必然成为许多悲剧的根源。从前针对王安石而发的不满之词，现在直接加在神宗头上，使他极易把所有异议和不满看作对他的皇权的蔑视。为了证明自己值得尊重，他无法克制迅速建功立业的欲望，积极向南方和西北用兵，还把年号由熙宁改为元丰。虽然史书上经常把熙宁、元丰两个年号合称"熙丰"，以表示"新党"执政时期，但元丰之政的性质与熙宁之政实具差异，这一点连王安石也心中有数，他马上写作了题为《元丰行》的诗歌以赞美"圣政"，潜台词是"您比我做得好"，以配合神宗建立权威。

对此，苏轼也并非毫无意识，他在徐州给"旧党"朋友写信说，面对"圣德日新"，我们不宜再多加批评了，否则将会"忧患愈深"（《与滕达道六十八首》之八）。据苏辙后来追忆说，他兄长讽刺挖苦"新法"的作品主要是在杭州写的，自神宗亲政后，就收敛不写了。然而，苏轼的文集已经出版流行，那是无法撤回的，其中的多数作品，经过沈括的揭发，皇帝从前也曾看到过，却没有立刻追究，因为在熙宁时期的皇帝眼里，就算诋毁"新法"，也不过是向他控诉王安石的"罪行"而已；但到了元丰时期，政治环境就完全不同了，"新法"已经成为既定的政策，"新学"也占据了权威意识形态的地位，最关键的是，本来由王安石主持的可以批评的"新政"，已经变成了由皇帝亲自主持的不可批评的"圣政"，苏轼非议"圣政"、指斥"乘舆"（皇帝）的罪名于是逃无可逃。

元丰二年（1079），宋神宗找到了一个愿意坚定地执行"新法"

的大臣蔡确,将他从御史台的长官提拔为参知政事,阻止了宰相吴充改变"新法"以安抚人心的意图。御史台的长官由"新党"的李定代理,于是李定便纠集台中的御史舒亶、何正臣等,弹劾苏轼诗语讥讽朝廷,要求给予处分。其主要的罪证,则是《元丰续添苏子瞻学士钱塘集》,这显然是熙宁年间出版的《苏子瞻学士钱塘集》的增订版,大概在元丰元年或二年初印成。其时苏轼已由徐州移知湖州,神宗就派御史台的皇甫遵火速前往,七月二十八日赶至湖州衙门,当场逮捕了苏轼,拘捕至京,关押在御史台审理。由于御史台又称为"乌台",所以这场震惊朝野的文字狱史称"乌台诗案"。

这当然不是中国历史上最早的文字狱,却是第一次以印刷出版的诗文集为罪证的文字狱。前文说过,这个罪证也是目前所知最早出版的当代诗人作品集的增订版,所以,中国诗人与出版业的第一次携手,就给这位诗人招来了一场牢狱之灾。在"诗案"过去了许多年后,苏轼的政敌和朋友刘安世回忆说:"东坡何罪?独以名太高,与朝廷争胜耳。"(《元城语录》)这句简短的话击中了要害,"诗案"的本质,绝不是几个"小人"对苏轼的嫉恨和陷害,而是神宗亲自主政的朝廷对这位声名极盛的异议者的惩罚。在数年地方官期间,苏轼先后与晁补之、秦观、黄庭坚、张耒定交(四人后来被称为"苏门四学士",加上陈师道、李廌,又称"苏门六君子"),与朝野上下一大批名流有诗酒往来,拥有越来越多的同情者和追随者,渐渐成为知识界的领袖人物。这领袖人物对"新法""新学"的反抗态度,借助新兴的出版业而

苏轼《次韵秦太虚见戏耳聋诗帖》

迅速扩展其影响力,等于在统一的政策和意识形态之外另立一帜,成了元丰"圣政"的对立面。所以这年七月初始见弹劾,不到月底即予逮捕,可谓雷厉风行。八月十八日拘至御史台狱,由李定主持拷问其诗句的讥讽含义,历时一百三十天,至十二月二十八日才结案出狱,其间诟辱备至,可谓命如悬丝。

时任签书应天府判官的苏辙闻讯上书:"臣闻困急而呼天,疾痛而呼父母者,人之至情也。臣虽草芥之微,而有危迫之恳,惟天地父母哀而怜之。"(《为兄轼下狱上书》)他以这样呼天抢地的悲号,请求撤去自己的所有官爵,以赎兄罪。亲朋好友、"旧党"臣僚也群起营救,朝野再次一片哗然,连"新党"的章惇,此时也为苏轼说情。然而,李定领导的御史台却持强硬态度,据说,在审理"诗案"期间,没有人敢跟李定打招呼。此外,虽然没有确凿的证据,但不难推测,刚刚离开御史台而升任执政官的蔡确,应该是李定的后台。

按照北宋的司法制度,由御史台审讯苏轼,形成供状后,须提交给大理寺、审刑院,由这两个机构的"检法官"对照现行有效的法律,检出与苏轼"罪状"相适应的法条,依据法条来实施判决。我们不能确定这两个机构是否得到神宗皇帝"宽大处理"的授意,但结果是判了个"免罪释放",因为苏轼所犯之"罪"都符合朝廷此前发布过的赦令。这样的判决当然令御史台很不满意,李定和他手下的御史们连续向皇帝上奏,不但想把苏轼定成死罪,连跟苏轼有文字交往的司马光等,也要牵连诛灭,意在一网打尽。但"诗案"的最终结果,却是"宽大

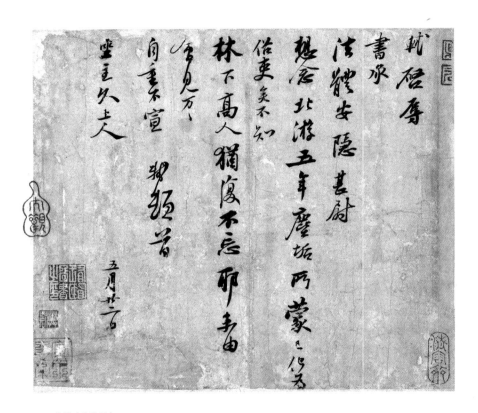

苏轼《北游帖》

处理"。这其中有两个关键人物，起到根本作用。一个是宋仁宗的曹皇后，此时被尊为太皇太后，她对英宗、神宗父子的作为素有不满，奋力保护仁宗曾经欣赏的苏轼，主张将他无罪释放。因为神宗暂未答应，她居然生起了大病。为了缓解太皇太后的病情，神宗照例要大赦天下，但曹后却说，不要你大赦天下，"只放了苏轼一人足矣"。扔下这句狠话的太皇太后不久便撒手人寰，苏轼得知其死讯时，尚在狱中。另一个反对以文字狱方式来加害苏轼的关键人物，是在朝任职的王安石弟弟王安礼。苏轼的罪名虽然是指斥"乘舆"（皇帝），到底是因"新法"而起，皇帝做错了事是无法追究的，倘若真将苏轼迫害致死，这笔账最后一定会算到王安石的头上去，王安礼无论如何要及时表明态度，屡次为苏轼求情。有的史料记载，王安石本人也曾反对"诗案"，虽然关于此事的证据不足，但王安礼的态度大抵也可以代表他的哥哥。王氏的态度一明确，责任便全在神宗本人，而神宗毕竟也不是荒唐残暴之主，有足够的理智做出顺水推舟的决定。于是，诏贬苏轼为检校水部员外郎、黄州团练副使、本州安置。同时，苏辙被牵连，责监筠州盐酒税，收藏苏轼文字而没有加以揭发的司马光等，则得了罚铜处理。

另外还有一种传说，谓苏轼在狱中自料必死，给弟弟苏辙写了两首诀别的诗，被神宗看到了，便产生了同情心，决定放过他。此二诗题目颇长，曰《予以事系御史台狱，狱吏稍见侵，自度不能堪，死狱中，不得一别子由，故作二诗授狱卒梁成，以遗子由》，其中一首如下：

圣主如天万物春，小臣愚暗自亡身。百年未满先偿债，十口无归更累人。是处青山可埋骨，他年夜雨独伤神。与君世世为兄弟，更结来生未了因。

这"圣主如天"的说法可能使神宗很乐于接受，但由现代人读来，却颇具荒诞之味：在圣主治世，力行改革，万物都欣欣向荣的伟大时代，只有一个草芥小臣，因为愚暗而自投死路。万丈光芒的背景下一个微不足道的即将被光明所吞噬的黑暗主体：面临死亡的苏轼如此形容自己的生命。这真的是自我否定吗？我们更愿意理解为苏轼对荒诞的深刻体认。当代最大的诗人，即将因诗而死，但回头说来，无论诗语如何不逊，无论政见多么分歧，究其目的毕竟是为朝廷谋策，即便是尖刻酸冷的讥讽，也出于对赵家皇朝的一腔热情，没有丝毫恶毒的动机，如果竟因热情得过头了而被杀，那真是比焦大吃了一嘴马粪更荒诞的事。四十四岁的苏轼自然"百年未满"，却不得不嘱咐弟弟先去偿还自己欠下的债务，然后还要照料留下的家属。这当然是以后事相托，家口相累，宛然两行遗嘱，但为官二十年，留给家人的仅仅是债务，而且把欠债还钱的事写在诗里，依然是荒诞感的延伸。接下来说，死者埋骨，从此已矣，生者却还要承受长久的悲伤。早在出仕之前，苏氏兄弟便相约要及早退官还乡，享受"夜雨连床"之乐。这"夜雨连床"是二苏诗歌中反复出现的一个主题句，提示着贯穿一生的愿望，而出现在这里，则是一片凄苦，因为从此以后只有苏辙一人去听夜雨了。

然而，重要的是诗意从这里开始发生转折，因"愚暗"而自取灭亡的诗人至少还能获得弟弟的怀念。情感越过了死亡的界线而继续延伸，则万丈光芒并不能完全消灭这"愚暗"的主体。在夜雨萧瑟的时候，这微不足道的生命曾经订下的誓约将一次次再现，将冲破荒诞，叩击人性。由此到达全诗的结句，苏轼把我们带上了表现手足之爱的巅峰："与君世世为兄弟，更结来生未了因。"朴实无华的语句，直现了主体穿越时空浩劫的情感力度。这震撼人性的声音，使万丈光芒黯然失色。时空的浩劫将使伟大时代的一切荡然无存，而手足之情则在死死生生的轮回中永恒地延续。佛说轮回是苦，但在这里，轮回是生命意志的顽强证明，突破一时无比强势的压力，在粉身碎骨之余，将兄弟之爱带往另一个时空。

面对这样的诗句，没有人有资格去怜悯或者同情它的作者，有阅读力的人只能被震慑。所谓神宗读诗而产生怜悯，放过了苏轼的传说，也许只反映了人们的良好愿望：以诗获"罪"的苏轼，终于也以诗自救。当然，"乌台诗案"是残酷的政治斗争，如果不是本来就不拟杀，或者当时形势下实在不可杀，靠一首诗的力量，决然救不了他的。但是，不杀苏轼的真正原因又是不能说的，苏轼只能以"被原谅""被宽大处理"的名义出狱，就此而言，传说也曲折地反映出历史的真实。

无论如何，朝廷惩罚异议者的目的已经达到，苏轼也由此迎来生平第一次贬谪生涯。

5. 东坡居士

贬谪，是中国历代中央集权皇朝对于获罪官员的一种最常见的惩罚方式。由于政治、经济、文化都向首都高度集中，所以，除了官衔级别的责降外，还可以贬地的偏远程度来表示惩罚的轻重，而且后一个方面似乎更能体现这种惩罚方式的特点。在许多场合，被贬谪者必须带着官员的身份（无论其高低）远赴偏僻之地，而不能辞官回乡当一个平民。这不是因为他们中的所有人都情愿付出一切代价以图留在官场，而是制度上规定其必须如此。令士人们梦寐以求的官员身份在此时具有奇异的囚禁作用，或许可以看作官僚政治的某种病变。但事情还有另一方面，被贬谪者本身具有的才能和影响力，也被强制送到那样偏远的、很少得到大人物光顾的地方，对当地的开发多少也起到有益的作用。比如广东的潮州、广西的柳州和湖北的黄州，就因为曾经是韩愈、柳宗元、苏轼的贬地，而拥有了许多名胜古迹，在文化史上闪耀出一片异彩。很难断定贬谪这种惩罚方式是否本来就带有一举两得的目的，但它确实为许多穷乡僻壤带去机会。同时，被贬谪者也经受了严重的身心考验，拥有了一段非同寻常的人生经历，对其心理成长和事业发展必然影响甚三。因此，现代的研究者提出"贬谪文化"的课题，来对此种现象作专门的探讨。

　　自然，各个时代的"贬谪文化"也各具其内容特色，此事首先当从制度上加以考察。像唐代韩愈、柳宗元之遭贬，固然是被迫离开了政治中心，但他们在贬地却还是名副其实地掌握着地方官的权力。而到了苏轼的时代，情况便大不相同，成熟的官僚体制使这种惩罚方式更有效地发挥出惩罚的目的：朝廷制造出大量有名无实的官衔，把被贬者抑留于官僚体系之内，却不使其具有权力。元丰三年（1080）到达黄州的苏轼，官衔是"检校尚书水部员外郎、充黄州团练副使、本州安置"。"水部员外郎"是水部（工部的第四司）的副长官，但"检校"则表示这只是一个荣誉称号；"团练副使"是唐代的地方军事助理官，宋代只表示官僚的级别，根本就没有这样的职务；比较实在的倒是"本州安置"，规定苏轼要住在这个地方。令人啼笑皆非的官名把贬谪官员与流放罪犯区分开来，所以苏轼到黄州的第一件事就是写一首诗对这个官名开点玩笑：

　　　　自笑平生为口忙，老来事业转荒唐。长江绕郭知鱼美，好竹连山觉笋香。逐客不妨员外置，诗人例作水曹郎。只惭无补丝毫事，尚费官家压酒囊。（《初到黄州》）

　　全诗八句，都是对自身境遇的调侃。首联写自己之所以会贬谪至此，原因就在于一张嘴，所谓"为口忙"，那本该用来吃饭的嘴却去说了犯罪的话，所以得了荒唐的结果。次联写黄州的鱼、笋之美,意谓从现在起,这张嘴应该只管吃不管说了。第三联针对朝廷给他的官名发表感想:"员外郎"的字面意思本来就是正员之外,与"逐客"即贬谪者的身份倒也相配,但水部是负责水利工程的,好像不太适合诗人,不过历史上也有不少著名的诗人做过水曹的郎官,如梁代何逊、唐代张籍等,均曾在水部任职,那么如此说来,水曹郎竟是诗人的专利了。最后一联是说薪水的问题,"压酒囊"就是压酒滤糟的布袋,按作者自注:"检校官例折支,多得退酒袋。"宋代官员领取的俸禄,除铜钱以外,也有一部分用实物来抵数,叫"折支",而检校官的"折支"多以官府中酿酒用剩的酒袋充当。从有关材料来看,苏轼在当时已经领不到俸禄钱,只得到这些酒袋而已。不过苏轼说,对我这个有名无职不做事的"团练副使"而言,领到酒袋也还是无功受禄吧。

在后来所作《子姑神记》一文中,苏轼自述:"元丰三年正月朔日,予始去京师来黄州,二月朔至郡。"这是他到达黄州的准确时间,在元丰三年(1080)二月一日。《初到黄州》一诗应当就作于此时,尽管他以调侃的语气把诗句写得轻松诙谐,但把到达贬地的日子记得那么清楚,说明他还是清醒地意识到自己的人生旅途将从此开始一个新的阶段,也就是黄州贬居的阶段。

不过,"阶段"一词是后人描述苏轼的一生沉浮时使用的,当我们把黄州的贬居生活看作苏轼生平中一个短暂的阶段时,其实还是低估了这次贬谪对他的心理打击。正如做噩梦的人不知道眼前是不会延续太久的梦境,当年的苏轼也不知道何时才

苏轼《啜茶帖》

能走出厄运。按一般的推想来看,他会觉得自己已经走入一条死路:元丰三年的苏轼已经四十五岁,而亲自主持政务、坚决实行"新法"的宋神宗年方三十三岁,谁也不能预料神宗会英年早逝,则因持"旧党"政见而被惩罚的苏轼,能够指望的至多是获得谅解而已,如果说苏轼"得志"的前提是"党争"局面的改观,那么在当时看来这种希望是极其渺茫的。所以,就当年的情况来估计,苏轼的政治生命很可能就此结束了。这样的打击几乎是毁灭性的,年过不惑的他,必须以此为前提,设想一下后半生应如何度过,也就是说,要重新思索自己的安身立命之计。

首先是心理上要有做一辈子老百姓的准备,并且不是安居家乡的百姓,而是以有罪之身流落天涯,必须随遇而安。初到黄州时,他单身寄居于一个叫作"定惠院"的佛教寺院,至五月份,苏辙携带着哥哥的家眷,送来黄州,然后自己奔赴江西贬地,于是苏轼全家便迁居到临皋亭。此时的苏轼大有饥寒之忧,只好痛自节俭。在写给秦观的信中,他详细地谈到了如何省钱过日子的事。第二年,穷书生马正卿替他向官府请得一块数十亩的荒地,他亲自耕种,植了些粳稻枣栗之类,以此收获来稍济困窘。这块荒地在州城旧营地的东面,因而取名"东坡",他也由此自号"东坡居士"。后来,他又在东坡造了几间屋,四壁图绘雪景,称为"雪堂"。从此以后,黄州就有了一个东坡居士,时常往来于临皋亭与雪堂之间。在中国文化史上,东坡居士这个形象的出现,是一件很有意义的事。"苏东坡"是

苏轼《新岁展庆帖》

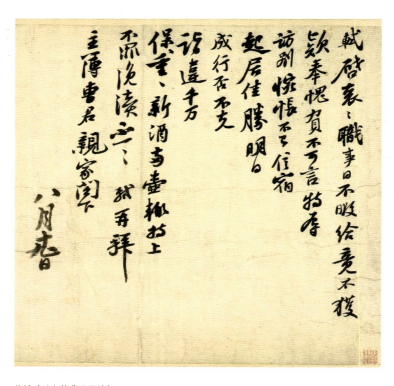

苏轼《致主簿曹君尺牍》

比"苏轼"更家喻户晓的。

其次是要保持身体健康、精神乐观,方法是修道养气、参悟佛理。到黄州的当年,他就给人写信说,借了天庆观的道堂三间,准备冬至后入室,闭关修炼四十九日(《答秦太虚七首》之四)。同时又谓:"闲居未免看书,惟佛经以遣日。"(《与章子厚参政书二首》之一)当时的佛教界最为兴盛的是禅宗,而禅宗当中,又数云门宗和临济宗最为兴盛,当时云门宗的高僧佛印了元住在江西,与黄州相近,苏轼与他一直保持书信往来。虽然他与佛、道的接触并不始于此时,但黄州的贬居生活确实加深了他在这方面的修养,对他的心理调适很有帮助。黄州有个安国寺,本来不甚有名,因为苏轼经常光顾,也就成了当地的名胜,保存至今。健康的身体和乐观的精神状态是争取政治生命的前提,无论东山再起的希望多么渺茫,苏轼也必须等待。

这种等待看来是漫长的。古代圣贤在政途无望之日,往往借著书立说来表见于后世,苏轼在重新思考安身立命之计时,在耕种自济、养生自保的同时,当然更要著书以自见。所谓著书,自以注释经典为最高,加之王安石"三经新义"颁行后,学子们迫于权势,被诱以科举,渐渐不知意识形态之外别有学问,乃是文化上莫大的危机,苏氏与王氏的学术见解不同,所以有必要重注经典,自申其说,以与"新学"相抗。从现存的苏轼、苏辙著作来看,他们兄弟对经典的注释有明确的分工,苏轼承担了《周易》《尚书》《论语》的注释,苏辙承担《诗经》《春秋》和《孟子》,因此现在可以读到苏轼的《易传》《书传》和

苏轼《黄州寒食帖》

自我来黄州,已过三寒食年,欲惜春,春不容惜。今年又苦雨,两月秋萧瑟,卧闻海棠花,泥污燕支雪。闇中偷负去,夜半真有力。何殊病少年,病起须已白。春江欲入户,雨势来不已,小屋如渔舟

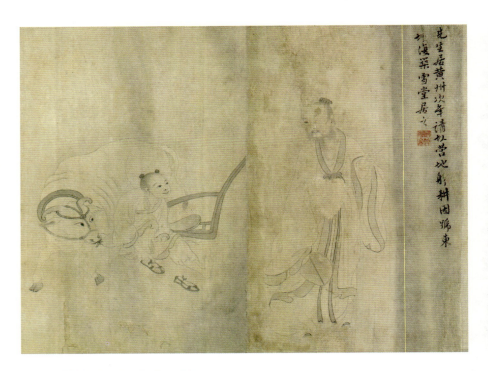

李宗谟《东坡先生懿迹图》(局部)

苏辙的《诗集传》《春秋集解》《孟子解》，苏轼还有一部《论语说》已经失传，最近有学者做了辑佚。三部著作的最后定稿虽然要到晚年，但在黄州期间，苏轼已经完成了《易传》九卷、《论语说》五卷的初稿，《书传》也已开始起笔。这些成果标志着苏轼自成一家的学术思想的形成，经过黄州谪居著书的他，已跻身于北宋最重要的思想家之列，其学说被称为"苏氏蜀学"。

当然，文学创作上，他也获得前所未有的发展。他的散文，从以前的着重于政论、史论、哲学论文，而转向以随笔、小传、题跋、书简等文学性的散文为主，笔法极其灵活，耐人寻味；他的诗歌，也从以前富赡流丽、丰满生动的笔调，经了人生中一番大起大落的洗礼后，走向以清旷的语句写出厚重的人生感慨，构思也更见细密；他的词作，也由于对人生感慨的抒写，而进一步发展了"诗化"的趋向，有的豪迈雄放，有的高旷洒脱，亦有的婉约清深，可谓出神入化。这个时期最为著名的作品，当推"三咏赤壁"，即《前赤壁赋》《后赤壁赋》与《念奴娇·赤壁怀古》词，它们使黄州赤壁名满天下，由于这赤壁与三国时周瑜和曹操的战场并非一地，所以被称为"东坡赤壁"。可以顺便一提的是，从苏轼的描绘来看，这"东坡赤壁"屹立在长江岸边，而今天湖北省黄冈市黄州区的赤壁公园，则离江岸有一大段距离，这一大段距离就是九百多年来长江的泥沙淤积令江面缩小而形成的。

当然，在"三咏赤壁"中，苏轼是把这赤壁看作周瑜破曹之处的。前后两篇《赤壁赋》有明确的创作时间，写在赋里，前篇是"壬戌之秋,七月既望",即元丰五年(1082)七月十六日,后篇是"是岁十月之望",即同年十月十五日,此时苏轼来黄州已是第三年,东坡雪堂也已建造起来,可谓"安居"了。但《念奴娇·赤壁怀古》一词,却不知创作于何时,因为历来都把它与前后《赤壁赋》并提,所以经常也被视为同年的作品。其实,此词最可能的写作时间是元丰三年(1080),即苏轼到黄州的第一年。这一年的五月,苏辙送兄长的家眷来黄州,留伴一阵后离去。根据苏辙的《栾城集》卷十,他在黄州的作品有《赤壁怀古》诗,说明他曾到赤壁游玩。那么,想来苏轼应该陪同前往,而且苏辙的诗题与苏轼的词题完全相同,应该不是偶然的。词中说:"故垒西边,人道是、三国周郎赤壁。"这是当地人向苏氏兄弟指点"那个地方就是周瑜破曹之处"的情形,应该是他们第一次来到此地,然后各自写了一首《赤壁怀古》,只不过哥哥的一首是《念奴娇》词,而弟弟的一首是七言律诗。从内容看,苏辙的诗是谈历史教训,批评曹操好战,而苏轼的词则从凭吊古战场的雄伟景象,而进入对抗曹英雄的缅怀。我们现在根据史料不难推算,当赤壁大战发生的建安十三年(208),周瑜三十四岁,鲁肃三十七岁,孙权二十七岁,诸葛亮二十八岁,他们一起打败了五十四岁的曹操。这真是"江山如画,一时多少豪杰!"所以苏轼在词的下阕着力刻画一个少年得志、雄才大略而又风流儒雅的将军,表达出由衷的追慕之情,连已经与周瑜成婚多年的小乔,也被苏轼写成了"初嫁",用来衬托周郎的少年英姿。与此相比,苏轼不能不想到"乌台

一 苏轼传　049

文徵明《赤壁图》（局部）

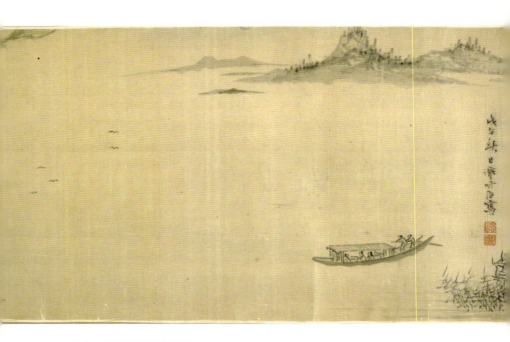

谢时臣《赤壁胜游图》(局部)

诗案"之余的自己,除了早生白发,什么都没有成就,徒然领略到人生如梦而已。虽然从宋代起,人们就把这首词看作"豪放派"的代表作,说它不适合少女演唱,须由"关西大汉"来唱,并用"铜琵琶,铁绰板"伴奏(俞文豹《吹剑续录》),以称其雄壮,但词中反映出来的作者的心态,却是心有不甘而付之无奈的。

对这种既不甘又无奈的心理困境的摆脱,恰恰便是《前赤壁赋》的主旨。此赋先描写景色,再描写箫声,然后便是主客对话。客人的话怀古伤今,颇多感慨,但意思其实简单,不过是说人生短暂而已。真正重要的是苏轼的回答:

> 客亦知夫水与月乎?逝者如斯,而未尝往也;盈虚者如代,而卒莫消长也。盖将自其变者而观之,则天地曾不能以一瞬;自其不变者而观之,则物与我皆无尽也,而又何羡乎?且夫天地之间,物各有主,苟非吾之所有,虽一毫而莫取。惟江上之清风,与山间之明月,耳得之而为声,目遇之而成色,取之无禁,用之不竭,是造物者之无尽藏也,而吾与子之所共食。

他用水和月作比,来阐述看待事物和人生的角度问题。从水的角度来看,长江的水在不断地流去;但从长江的角度看,长江还在,并没有流去。从人们每天看到的月亮来说,时而圆,时而缺,不断变化;但从月亮本身来说,无论圆的、缺的实际上都是同一个月亮,说到底并没有什么变化。所以,若从变化的曰:客亦知夫水与月乎?逝者如斯而未尝往也,盈虚者如彼而卒莫消长也。盖将自其变者而观之,则天地曾不能以一瞬;自其不变者而观之,则物与我皆无尽也,而又何羡乎?且夫天地之间,物各有主,苟非吾之所有,虽一毫而莫取。惟江上之清风与山间之明月,耳得之而为声,目遇之而成色,取之无禁,用之不竭,是造物者之无尽藏也,而吾与子之所共食。客喜

苏轼书《前赤壁赋》(局部)

角度看世界,只要一眨眼的工夫就是另一个天地了,但若从不变的角度来看世界,某一物总是某一物,不能被误为他物,我总是我,不会混同于他人,所以物也好,我也好,都是永恒的。其实世上任何事物都同时具有短暂和永恒的两面,只因你观察的角度不同罢了。人也是如此,人生从某种角度来说也是永恒的,何必去羡慕事物的长久而悲叹生命的短暂呢?羡慕的本身是一种占有欲的表现,但一个人是不该占有不属于自己的东西的。如果想到一个人生来赤条条的什么都没有,就可以说世间没有一样东西本来属于我,那就本不该去占有任何世间之物。只有天地间自然的清风明月,能给人们带来"声",带来"色",也就是各种审美表象,而且"取之无禁,用之不竭",所以对天地自然之美的充分享受,才是一个人无所拥有的最大拥有——这一番思考,使苏轼走向了一种坚定而洞达的世界观、人生观,从而超越自己的心理困境。到了《后赤壁赋》中,他的一叶小舟就"放乎中流,听其所止而休焉",随便漂向哪里,无论境遇如何,都全然不介于怀了。

因为远离了政治旋涡的中心而获得学术、文艺上突飞猛进的苏轼,当然也不可能忘记险恶的政治环境仍无时不危及着他的生存。徐州有人造反了,只因苏轼曾经做过知州,政敌们便说他要负不能事先觉察的责任。分明是欲加之词,可是追查下来,偏偏苏轼在当时已经有所觉察,做了措置。这非但无罪反当有功的结果肯定令政敌们很尴尬,对苏轼则是一场虚惊,虽然此事反而证明了他非凡的吏治才能,但对他的处境没有带来

文徵明《仿赵伯骕后赤壁图卷》

什么改善，只让他时时感觉危机四伏。我们在苏轼居黄期间写给友人的书信中，屡次看到惧祸自晦的表示，他为没被人认出是苏轼而高兴，为未能及早称病不出而后悔，为做到了终日不说一句话而得意，当然也为"畏人默坐成痴钝"而自嘲。这实在是为求取生存的无奈之计。

综上所述，耕种自济、养生自保、著书自见、文学自适、韬晦自存：这就是苏轼在黄州的生活内容。这样的生活延续了四年，直到元丰七年（1084）正月，宋神宗出手札说："苏轼黜居思咎，阅岁滋深，人材实难，不忍终弃，可移汝州团练副使，本州安置。"（施宿《东坡先生年谱》）给他换了一个"安置"的地方。由于汝州（今河南临汝）在北宋属于京西北路，离政治中心较近，再加上手札中的善意言辞，神宗的这番举动可以被理解为他对苏轼已经谅解，或许还准备重新起用。这大概是宋神宗晚年准备调和参用新、旧党人的一个表示。他的命令被传达到黄州，已经是元丰七年的三月，苏轼得以离黄北上，则在四月。故从元丰三年二月起至此，苏轼在黄州的贬居正好超过四年，若依古人的习惯，按年头来算，则有五年。就如他后来在诗中所说：

  君不见武昌樊口幽绝处，东坡先生留五年。春风摇江天漠漠，暮云卷雨山娟娟。丹枫翻鸦伴水宿，长松落雪惊醉眠。桃花流水在人间，武陵岂必皆神仙？（《书王定国所藏烟江叠嶂图》）

號儒棠棣並為天下士芙蓉曾到海邊邪不嫌霧谷
霾松柏終恐虹梁棟桴高論無窮如鋸屑小詩有
味似連珠感君生日遙稱壽祝我餘年老不枯未辦
報君青玉案建溪新餅截雲腴

別黃州

病瘡老馬不任羈猶向君王得敝帷桑下豈無三宿
戀樽前聊與一身歸長賡尚載撐腸米闊領先裁蓋
䫉衣投老江湖終不失來時莫遣故人非

過江夜行武昌山上聞黃州鼓角

清風弄水月銜山幽人夜渡吳王峴黃州鼓角亦多

《別黃州》，《東坡集》，南宋杭州刊本

这里的"武昌"指今天的湖北鄂州,"樊口"即在鄂州西北,与黄州隔江相望,谪居期间的苏轼数度乘舟,前往那里的西山游玩。在他的印象中,自己曾经留居"五年"的是一个非常"幽绝"之处。"幽绝"就是深幽绝尘,与人世相隔,只有诗人一身与自然为伴。春天有微风吹过的长江,夏天有暮雨淋过的西山,秋天有火红枫叶间的乌鸦,冬天有深绿松树上的白雪,围绕着水边宿泊、酒醉而眠的诗人。这让苏轼想起陶渊明的《桃花源记》,那武陵(今湖南常德)的渔人曾发现了世外桃源,恍如仙境,但其实这样的美景并非只有神仙住的地方才有。照此意思,苏轼竟把他的贬居之地形容成了仙境,或者世外桃源。

苏轼一生到过许多地方,东至山东蓬莱,西至四川眉山,北至河北定县,南至海南儋州,如他自己所说:"身行万里半天下。"(《龟山》)有时候是作为地方官去上任,有时候是作为罪臣去贬居,更多的是宦游过往,但无论处境如何,他很少说哪个地方不好,最多指出生活条件简陋而已,对于山水、人情,他总能发现和体会其值得赞美之处,加以真诚的表达。因为经过他表达的对象多能脍炙人口,所以他随处都受到欢迎,山水含笑,民人爱戴。这当然跟他杰出的表达技巧有关,但首先是因为他从心底付出了爱,才能广泛地收获爱。

6. "庐山真面目"

后人纵观苏轼的一生，很容易把元丰七年（1084）四月得以离开贬谪之地黄州，看作他时来运转的起点。但实际上，离开黄州的苏轼并没有马上飞黄腾达，从此时起至元丰八年（1085）末他再次登上京师的政治舞台，其间尚有一年半"投老江湖"的长途漂泊。这一次漂泊也可以说是"身行万里半天下"，历经今天的湖北、江西、安徽、江苏、山东、河南六省，一路上有亲人、故交及方外的朋友相伴，少不了宴饮和游玩，似乎比黄州的生活要热闹许多，但在苏轼的心灵深处，很多时候是更感寂寞的，因为在黄州他还有东坡雪堂，现在是连个家也没有。而且，他后来能够重回政治舞台，是以宋神宗去世造成的政局变动为前提的，在元丰七年，这应该是连想都不敢想的事。他在那时可能有的最为乐观的估计，也不过是相信自己确实获得了神宗的宽恕而已。但这并不表示神宗认同了他的政见。后来被"旧党"再三宣传的神宗晚年悔行"新法"的说法，是根本不能令宣传者以外的人相信的。只不过，既然他坚持施行"新法"，付出了"党争"这样巨大的代价，则当他自以为其"新政"已经牢固地建立起来以后，下一步自然要考虑如何减小这代价，也就是消弭"党争"。这是任何明智的君主都会采取的措施。因此,神宗晚年对"旧党"人物的不少善意表示,大概只能证明他已经在致力于消弭"党争",对于苏轼来说,这当然并不意味着如何远大的前程。

所以,苏轼离开黄州时所作《满庭芳》一词云:

> 归去来兮,吾归何处?万里家在岷峨。百年强半,来日苦无多。坐见黄州再闰,儿童尽、楚语吴歌。山中友,鸡豚社酒,相劝老东坡。　云何?当此去,人生底事,来往如梭!待闲看秋风,洛水清波。好在堂前细柳,应念我、莫剪柔柯。仍传语,江南父老,时与晒渔蓑。

起篇便是一个问题:"归去来兮,吾归何处?"实际情况恐怕真是如此:在告别黄州时,苏轼甚至不知道自己将来的去向。离四川家乡依然遥远,人生已经过了大半,孩子们都早就带上了黄州的方音,更何况朋友们还来殷勤挽留,那么,为什么要离开黄州呢?难道仅仅因为它是个谪居之地,就把离开它看作必要之举吗?自然,向朝廷提出继续留在黄州的请求是不可思议的,此时的苏轼其实没有自己选择居处的自由,而且到汝州去虽仍是"团练副使,本州安置",但毕竟是皇帝的善意表示,去是非去不可的。那么,无奈只好说,到汝州去看洛水的清波吧。——倘若这是苏轼离开黄州时的真实心境,则将迁居汝州看作苏轼的人生中由阴转晴的新起点,是不怎么确切的。

他的人生旅途发生真正转折的时间，与北宋政治史的转变一致，只能是神宗之死。虽然此词的最后几句所订下的再来黄州之约，后来没有实现，但当年的他并不认为这一次是跟黄州的永别。

被苏轼留在身后的这座城市，将因为他而成为千古名胜，但在他面前的却依然是一条漂泊之路。告别黄州后，他即乘舟顺着长江东行。这个行程，是要从长江转入运河，再转入淮河，再转入汴水，然后设法赴汝州。这样一条水路，如与陆路相比，显然是兜了个大圈子。但这一兜，却使他的活动有了丰富的内容，其中第一项就是游览庐山。

庐山在今江西省九江市，按北宋的行政区划，它的北麓属于江南东路的江州，而南麓属于江南西路的南康军。在历史上，这座名山与道教、佛教都发生过千丝万缕的联系，到了苏轼的时代，则主要为禅宗名刹集聚之地，他的方外朋友佛印了元就曾担任庐山归宗寺的住持，早就写信约他畅游一番。当然，对于苏轼来说，庐山还是他一生仰慕的隐居诗人陶渊明笔下的"南山"，而且他去世不久的朋友陈舜俞还留下了一部《庐山记》，正好可以用作导游的手册。所以，舟至九江的他没有理由不上庐山，四月二十四日夜就借宿在北麓的圆通寺。这圆通寺是他父亲苏洵曾经造访的地方，寺中还有见过苏洵的老僧，而第二天又适逢苏洵的忌日，所以苏轼还在此寺做了一次纪念父亲的法事。圆通寺的住持叫可仙，是临济宗禅僧，他的老师就是庐山的第一高僧——东林常总。我们将在下文叙述：与常总会面是苏轼庐山之行的最高潮。不过,此时的苏轼没有马上去参拜东林寺,他急着赶去南方的筠州(今江西高安),探望贬居在那里的苏辙。临行时,他再次收到佛印了元的来信,约他从筠州回程时再游庐山。

从现存史料来看,苏轼于当年五月初到达了筠州,跟苏辙相聚十日而别。筠州也是禅宗名刹集聚之地,在禅宗史上影响最大的要数洞山寺,唐代的良价禅师在这里开创了禅宗的重要宗派——曹洞宗。不过,曹洞宗虽绵延不绝,但风格比较内敛,声势不显,北宋时代最有声势的宗派乃是佛印了元所属的云门宗。同时,五代时期流行于北方的临济宗,北宋时也渐次南下,进入江西,并发展出杨岐、黄龙两派。杨岐派后来成为南宋禅宗最大的宗派,北宋后期则以黄龙派较为兴盛,此派由黄龙慧南开创,庐山的东林常总就是慧南的弟子。慧南的另一个弟子真净克文,此时就住在筠州,与苏辙交往密切,他和苏辙一起迎接了苏轼的到来,而且他判断苏轼的前世也是一位高僧,就是云门宗的五祖师戒禅师。不久以后,真净克文离开筠州,去了江宁府。他的江宁之行,使晚年的王安石坚定了佛教信仰,还把自己的住宅施舍给他,建立寺院,开堂说法。

从筠州北归的苏轼,大约在五月中旬,从南麓登上了庐山。不过,约他游山的佛印了元可能已离开庐山,赴任镇江金山寺住持,带他游山的是另一个云门宗僧人——参寥子道潜,这也是一位颇受赞誉但后来命运颠簸的诗僧。我们现在知道,六月九日他已在湖口的石钟山,写了著名的《石钟山记》,所以

估计他有半个月左右的时间,在庐山尽情探访名胜,留下了许多诗篇。据《苏轼诗集》所载,最初的作品便是《初入庐山三首》:

> 青山若无素,偃蹇不相亲。要识庐山面,他年是故人。
> 自昔怀清赏,神游杳霭间。如今不是梦,真个在庐山。
> 芒鞋青竹杖,自挂百钱游。可怪深山里,人人识故侯。

这是按《诗集》的顺序抄录的,但据苏轼后来追叙,他最先写作的是这里的第三首。本来他想尽情观赏美景,不欲作诗,但他一来到庐山,山里的僧俗人众就纷纷传言:"苏子瞻来矣!"于是不知不觉就作了第三首,意谓我只是普通游客之一,怎么你们都认识我呢?然后他马上就觉得这样的说法太自鸣得意了,所以接着又作了第一、第二首。我们从第二首可以读出苏轼对庐山的长久向往之情,与第三首的自得之意恰成对照,可能意在矫枉。不过现在看来,诗人之向往名山,与名山之有待于诗人,原是互相呼应的事。可以注意的倒是这里的第一首,所谓"青山若无素,偃蹇不相亲",诗人与名山之间,并非一见就倾盖如故,相反,苏轼感觉庐山与他没有交情,不相亲近。他只能寄希望于时间:如果以后能再次到来,那也许就跟老朋友见面一样亲切了吧?然而,至少眼前的"庐山面",他是

裴回不忍去微月挂喬木遙想他年歸解組巾一幅
對床老兄弟夜雨鳴竹屋卧聽鄰寺鐘書窻有殘燭

初入廬山三首

青山若無素偃蹇不相親要識廬山面他年是故人

山南山
画也

自昔懷清賞神游杳藹間如今不是夢真箇在廬山

芒鞵青竹杖自挂百錢游可怪深山裏人人識故侯

圓通禪院

先君舊游也四月二十四日晚至宿焉明
日忌日也乃手寫寶積獻蓋頌佛一偈以

《初入庐山三首》,《东坡集》,南宋杭州刊本不"识"的。所以,游玩中的苏轼,其实一直在思考什么是"庐山真面目"的问题。

翻着陈舜俞的遗作《庐山记》,苏轼边读边游。在著名的香炉峰瀑布下,苏轼回顾了《庐山记》所载唐代描写这一景观的佳句,一是李白的"飞流直下三千尺,疑是银河落九天",一是徐凝的"千古常如白练飞,一条界破青山色"。苏轼觉得徐凝的写法很可笑,因此戏作一绝:"帝遣银河一派垂,古来惟有谪仙词。飞流溅沫知多少,不为徐凝洗恶诗。"他这一番褒贬成了后世诗论家的谈资,许多人觉得,徐凝的诗还算不得"恶诗",只不该跟李白去比。然而在苏轼的心目中,写诗若不跟李白比,那还能跟谁比呢?

五月十三日,苏轼游温泉,见壁上有云门宗可遵禅师一诗:"禅庭谁作石龙头,龙口汤泉沸不休。直待众生无垢尽,我方清冷混常流。"这是以温泉洗净众生之污垢而冷却了自己为比喻,来表明佛教徒舍身为人的决心。苏轼对此伟大的宗教情怀,深表叹赏,不过他也注意到一个问题:这种说法的前提,是把众生都看作污垢!所以他马上续写一绝:"石龙有口口无根,自在流泉谁吐吞。若信众生本无垢,此泉何处觅寒温。"他更愿意相信,人类的本性是清净无垢的,温泉的流淌是自然过程。由此可见,此时的苏轼对"禅"的理解,已不在高僧之下。

接下来,苏轼游览了开先寺的漱玉亭、栖贤寺的三峡桥,认为这是庐山的"二胜",为之各作一诗(《庐山二胜》)。栖贤寺的住持智迁禅师属云门宗,开先寺的住持行瑛禅师则属临济宗黄龙派，与圆通寺的可仙禅师同门，就是东林常总的弟子。于是最后，苏轼便到达东林寺，到达庐山第一高僧东林常总的面前。

常总禅师（1025—1091）这年正好六十岁，却已当了五十年和尚。自熙宁二年（1069）黄龙慧南圆寂后，他已被公认为黄龙派乃至临济宗禅僧的代表。元丰三年（1080），宋神宗下诏将庐山东林寺改为禅宗寺院，请常总为开山始祖。元丰六年，神宗又在开封的大相国寺开辟两个禅院，名为慧林禅院和智海禅院，聘请全国最有声望的高僧去担任住持，慧林院聘的是云门宗的宗本禅师（1020—1099），智海院聘的便是临济宗的常总禅师。这大概体现了朝廷赐封宗教领袖，从而把禅宗收纳为国家宗教的意图，宋初流传于南方的云门宗，因宗本的赴京而呈现了向北发展的趋势，在北宋末期达到极盛，却也随北宋的灭亡而一齐葬送。与此相反，常总则选择了拒诏，宁死不受智海之聘，一直留居东林寺。他与北宋政权保持遥远的距离，现在看来颇有远见，正因为坚持以南方为主要的传教区域，临济宗才能成为南宋最大的佛教宗派。当宗本及其弟子们在京师忙忙碌碌，为宫廷和显贵之家做法事的时候，常总则在庐山接待了当世最大的诗人。

第一高僧与第一诗人的会面，毫无疑问是这座名山最值得记忆的历史时刻。东坡居士的庐山之行，也由此达到高潮。当常总带着他从东林寺步行至西林寺时，苏轼挥笔写下千古名作《题西林壁》：

横看成岭侧成峰远近高低无一同不识庐山真面目只缘身在此山中

庐山二胜 并叙

余游庐山南北得十五六其胜殆不可胜纪而懒不作诗独择其尤者作二首

开先漱玉亭

高岩下赤日深谷来悲风肇开青玉峡飞出两白龙
乱沫散霜雪古潭摇清空馀流滑无声快泻双石䃜
我来不忍去月出飞桥东荡荡白银阙沉沉水精宫
愿随琴高生脚踏赤鱓公手持白芙蕖跳下清泠中

《题西林壁》,《东坡集》,南宋杭州刻本

> 横看成岭侧成峰，远近高低各不同。不识庐山真面目，只缘身在此山中。

这是人类历史上最优秀的哲理诗之一，千百年来，人们对它作了种种解释，这里没有必要一一转述。必须指出的是，从哲理上解释此诗时，诗中的"庐山"将失去其确指性，它可以被替换为别的任何山，甚或推广到所有事物。但是，就当日的苏轼而言，他想认识的"真面目"确实是这"庐山"的"真面目"。上文已经提到，他初入庐山，就感到这庐山与自己不相亲近，他曾经寄希望于时间："要识庐山面，他年是故人。"如能多次造访此山，则犹如老友重逢般亲切了。现在他又意识到空间的问题：身在此山之中，恐怕也妨碍了对庐山的正确认识吧。很显然，苏轼的思考又深化了一步，其间是否得到常总的指点，则不得而知。

但常总确实把苏轼引入了禅门深处。据记载，此夜苏轼就留宿于东林寺，与常总禅师谈论了一夕"无情话"，到第二天黎明，便献上一偈：

> 溪声便是广长舌，山色岂非清净身。夜来八万四千偈，他日如何举似人。（《赠东林总长老》）

所谓"无情话"，就是唐代禅僧南阳慧忠国师（禅门的记录把他认作六祖慧能的弟子）提出的一个命题，叫作"无情说法"。

"无情"就是一切无生命之物，自然山水、墙壁瓦砾之类，它们也像佛一样演说着根本大法，问题在于你能否听见。从理论上讲，这是对于最高普遍性的领会，既然是最高的普遍性，那当然就无所不在，所谓"目击道存"，一切卑琐的存在原来都是大道绽露的头角，看你去不去抓住。"无情说法"只是一种生动的表述而已。不过，道理虽容易明白，但能否浃肌彻骨，真实体会之，能否如鱼饮水，冷暖自知之，那又是另一番功夫。所以，要真的能听见"无情说法"，那就与佛无异了。苏轼偈中的"广长舌""清净身"，就都指佛，其实也就是最高普遍性。看来，他已经领悟了"无情话"的真谛，他听到了溪声犹如佛祖说法，看到了山色犹如清净法身。——这才是地地道道的"庐山真面目"！不必时间的积累，不必空间的腾挪，它原来宛在眼前！那不是靠思索"识"取，而是一旦全身心地拥抱自然，便在顷刻之间恍然大悟的。于是，在这个不眠之夜，无数表达着真理的自然的偈语向苏轼涌来，他已经与自然的大道完全同化了。

带一点宗教神秘感的天人合一之境，其实是诗人审美感知力的充分张扬，弥漫了天地。在黄州时期的《前赤壁赋》中，苏轼早已谈过他对"取之无禁，用之不竭"的天地自然之美的感悟，但那个时候他还停留在"声色"上（所谓"耳得之而为声，目遇之而成色"），而现在经过高僧的点拨，则透过"声色"（溪声山色）而能直达"真面目"（最高普遍性）。常总禅师是识货的，看了此偈，就许可苏轼领会得不错。从此以后，作为常总认可的弟子，东坡居士也进入了禅门传法的谱系。剩下来的事，就如偈语最后一句所说，要"举似人"，要用自己的领悟去启发他人。所谓"自利利他"，正是大乘境界。东坡居士从庐山下来，再度走入尘世。

7. 王、苏和解

　　离开庐山的苏轼，继续乘舟东行，经今天的安徽而至江苏，于元丰七年七月抵达江宁府（今江苏南京）。在这里，苏轼会见了罢相八年的王安石。

　　两个并世的大诗人、大学者，在政治上却互相敌对。这个事实可能颇让后人感到遗憾，所以，在中国一直流传着有关王、苏二人的许多民间故事，但大都将政治冲突改编为诗歌或知识上的竞赛，其基本模式是：年轻的苏轼按照概括了事物普遍性的知识去指责王安石的某个错误，但其实那不是错误，而是年长的王安石在他的经验中曾经了解的某个例外情形，因此王安石把苏轼贬谪到那个例外情形存在的地方，让他去亲眼看看。——年长者的特殊经验对年轻人的普遍知识的胜利，确实是绝妙的改编，由于那个例外仅仅是例外，原本无碍大局，所以这绝不损害苏轼的才名，但既然他是年少的一方，便必须向长辈折服，即便仅仅因为一个小小的例外现象。虽然年长者要靠特殊经验去制服后生，未免已胜之不武，但这样的故事充满了善意，是毫无疑问的。可惜的是，此类故事全是无根之谈。

　　不过，这一对政敌在江宁府的会见，确也称得上是神秘的。关于苏轼生平经历的最初也最可信的记述，是他去世的时候苏辙所作的《亡兄子瞻端明墓志铭》,但此文对王、苏会面一事只字未提。宋人的笔记中对此事津津乐道,但关于两人相见的情形与相谈的内容,却是异闻纷呈。朱弁《曲洧旧闻》卷五说,王安石主动到江边去迎接苏轼,然后一起游玩蒋山,两个人还暗比诗才,苏轼大获全胜;赵令畤的《侯鲭录》卷一,也记两人曾经谈诗,却说王安石识破了苏轼诗中两个道教的典故,令苏轼好生佩服;陈师道的《后山谈丛》卷四,则记王安石称赞苏轼的才华,认为他可以做个翰林学士,而苏轼的回答是,您这话怎么不早说;邵博的《邵氏闻见后录》卷二十一,记王安石对《三国志》不满,建议苏轼重新编一部,被苏轼推辞了……我们很难判断这些记载可信与否,但其内容大抵无关紧要,所以不妨姑妄听之。种种记载中,只有邵伯温的《邵氏闻见录》卷十二,记述到两人对政治的谈论。他说,王安石与苏轼本来没有矛盾,是苏轼的同年吕惠卿嫉妒苏的才华,离间了王、苏关系,所以王安石在熙宁初排斥苏轼。后来王安石重用李定,苏轼却指责李定不孝,所以李定炮制"乌台诗案"陷害苏轼,使他贬谪黄州。接下来,就是王、苏在江宁府会面的情形了:

见介甫(王安石字),甚欢。子瞻曰:"某欲有言于公。"介甫色动,意子瞻辨前日事也。子瞻曰:"某所言者,天下事也。"介甫色定,曰:"姑言之。"子瞻曰:"大兵大狱,汉唐灭亡之兆,祖宗以仁厚治天下,正欲革此。

> 今西方用兵，连年不解，东南数起大狱，公独无一言以救之乎？"介甫举手两指，示子瞻曰："二事皆（吕）惠卿启之，某在外，安敢言？"

这里说的"大兵大狱"，就是北宋挑起的与西夏的战争，以及包括"乌台诗案"在内的连续几件大案，确实是元丰政治的特色之一。如果说苏轼希望王安石能起到一点劝阻作用，倒也不无可能。问题是，邵伯温并未提到当时还有何人在场，也未说明他的记载有何来源，那么，像"介甫色动""色定""举手两指"这样绘声绘色、仿如目击的生动描述，就很容易令人生疑。读者不免要问："这些情形，难道你看到的吗？"当然，仅凭这一点也不能完全否认这段记载的真实性，因为中国传统的历史叙述方式，从来就是一种"全能叙述法"：记述者像个全能的神，什么都知道，包括历史人物临死前的心理活动。所以，正史的编者似乎相信邵伯温的记载，把这段谈话内容取入了《宋史》的苏轼传。

这样，所有记载都在疑似之间，故两人的谈话内容如何，还是莫测究竟。不过，可以肯定的是，在苏轼于八月离开江宁府前，他们曾数次会面，相谈甚欢，其结果是两人都有了结邻而住的意愿。这是有确凿的史料可以佐证的，就是苏轼离开后不久，亲笔写给王安石的书信，其中说道："某近者经由，屡获请见，存抚教诲，恩意甚厚。别来切计台候万福。某始欲买田金陵，庶几得陪杖屦，老于钟山之下。既已不遂，今仪真一住,又已二十余日,日以求田为事,然成否未可知也。若幸而成,扁舟往来,见公不难矣。"(《与王荆公二首》之二)苏轼要在江宁府或其邻近州县买田安家,以方便与王安石往来相见。他在同时写给"旧党"朋友的信件中也说:"某到此,时见荆公,甚喜,时诵诗说佛也。"(《与滕达道六十八首》之三十八)这说明王、苏之间的谈话内容,确实包含了诗歌和佛教。然而,政敌之间有相近的文化趣味,虽不奇怪,胸襟宽广的政治家也不妨与政敌"诵诗说佛",但又何至于要接邻而住,恨不得常在一起?那恐怕不是一般的和解,令人怀疑那已经不是撇开政治态度的诗酒之交,而是在政治上也已经获得某种程度的互相谅解。

此时的苏轼还写了《次荆公韵四绝》,其第三首云:

> 骑驴渺渺入荒陂,想见先生未病时。劝我试求三亩宅,从公已觉十年迟。

这里也提到王安石希望苏轼在江宁府买田安家的事,但最后一句"从公已觉十年迟",却更堪玩味。字面意思是:十年前我就应该追随您。为什么说十年前呢?算起来,那正好是熙宁七、八年,王安石罢相与第二次入相的时候。对于这段往事,苏轼后来有这样的说法:"天下病矣……虽安石亦自悔恨,其去而复用也,欲稍自改,而(吕)惠卿之流恐法变身危,持之不肯改。"(《司马温公行状》)他说王安石第二次入相的时候,也已意识到"新法"的弊端,想"稍自改",只因吕惠卿坚持不肯,所以没有改成。现在我们无法证明王安石是否真有此意,如果这不是苏轼随意捏造,那就是他们之间一度取得过这样的谅解,而这一度恐怕只能在江宁府见面会谈之时。所以,"从公已觉十年迟"的政治含义是"从公""稍自改"。这也等于说,他们可以有一种建立于"稍自改"基础上的合作。当然,这样的妥协很可能只是苏轼的一厢情愿,它既不符合王安石的一贯作风,也不符合即将出山的司马光的立场。

元丰七年的苏轼想在江南买田安家,也是事实。朋友们为了他买田的事,着实帮了不少忙,最后在常州的宜兴(今属江苏)找到了机会。所以离开江宁府后,他继续顺着长江东行,转入运河,然后沿运河南下,到宜兴处理买田之事,准备不久归隐终老于此。到十月份,他又从宜兴出发,北上扬州。他在扬州写了一封上给皇帝的表奏,请求不去汝州,改为常州居住。但扬州的官府好像认为这不合规章,竟不肯替他上呈。苏轼只好继续北上,从运河转淮河西折,于年底到达泗州(治所在今江苏盱眙县东北)。他在泗州重写表奏,诉说了举家病重、资用罄竭、难去汝州的困境,请求折回常州居住。这次是专门派人到京师去上呈,而一家就暂留泗州过了年。

其实,神宗将苏轼的安置地从黄州调到汝州,本来就含有从"贬谪"转为"赋闲"的意思,既然是"赋闲",在哪里都一样,所以居住常州的请求一旦上呈,马上就获得批准。但羁旅中的苏轼还得走许多冤枉路,在泗州过了年后,于元丰八年(1085)正月四日即沿汴河西行,十余日后到达北宋的南都应天府(治所在今河南商丘市南），这才知道他的请求已被批准。至此，他的身份成为：检校尚书水部员外郎、汝州团练副使、不得签书公事、常州居住。费了大半年的周折，苏轼终于彻底成了一个"闲人"。

然而，就在这"闲人"逗留南都期间，北宋政界的局势却发生了遽变。元丰八年三月，宋神宗以心劳力瘁，英年早逝，十岁的太子赵煦继位，即宋哲宗，而神宗的母亲高氏，以太皇太后的身份垂帘听政。神宗长期亲揽大权的恶果在他身后暴露无遗，他的宰相缺乏掌控局面的权威，难免政归宫闱，无人可以阻止。于是，在追悼神宗皇帝的活动中，首都发生了一次群众运动：一直闲居洛阳的司马光突然出现在开封城里，被京城的百姓们遮道拦马，追随聚观，要求他留在京城当宰相，不要回洛阳去了。由于现存的史料大都出自"旧党"人物之手，故这次群众运动在历史上呈现出"自发"的面貌，但无法解释其中的矛盾：神宗明明留下了顾命的宰相（王珪、蔡确），专制政体下的平民百姓怎么敢另外去请出一位宰相来？无论如何，结果是近在洛阳的司马光被太皇太后起用，迅速掌握了局面，令远在江宁府的王安石只好眼睁睁地看着他的"新法"被废除，"新学"被否定。

随着司马光的出山，"旧党"的人物连茹而起，苏轼、苏辙兄弟同时出现在司马光给太皇太后提供的起用名单中。虽然此时的苏轼还走在从南都到常州的回家路上，但他确实已经时来运转了。五月份刚刚回到常州，六月就接到登州（今山东蓬莱）

知州的任命，这等于恢复了他在"乌台诗案"以前的官阶。此年十月，苏轼到达登州任上，才过五天，便接到奉调进京的命令，十二月到京，又升为起居舍人（皇帝侍从官）。

值得一提的是，从登州赴京的途中，苏轼经过青州（今属山东），遇见了"乌台诗案"的炮制者、时任青州知州的李定。这真是所谓"仇人相见"，但当时苏轼写给朋友的信中，却说："青州资深（李定字），相见极欢，今日赴其盛会也。"继江宁府与王安石和解后，苏轼在青州又与一位严重伤害过他的政敌和解了。

8. 元祐大臣

　　司马光（1019—1086，字君实）是个极具人格魅力的政治领袖，他有一句名言，叫作"平生所为，未尝有不可对人言者"，就是从来不做见不得人的事，从来不说一句谎话。所以《宋史·司马光传》也说他"诚心自然，天下敬信"。这个"诚"就是不说谎的意思。他的弟子刘安世继续发挥说，翻遍儒家的五经，里面找不到一个"真"字，跟"真"字意思相近的只有"诚"字。相比之下，"真"有客观方面的含义，"诚"却主要就主观态度而言。大概中国早期的圣人，并不教人去追求什么真理，只教人要诚实。真理是抽象的，一时追求不到；诚实却是具体的，可以在实际生活中时刻践履。只要人人都诚实，那么总体上已经融合着真理，不需要特别去追求了。这便是儒家的实践精神。刘安世说，《论语》便反映出孔门的诚实气氛，弟子们并非不了解先生的学说，但他们一会儿想昼寝，一会儿想缩短丧期，一会儿埋怨先生太迂，一会儿说自己实在力不从心。他们明知这样的话说出来必然招先生的骂，但都直言不讳，诚实说出自己的想法。这看起来似乎简单，其实不容易坚持做到。所以，刘安世一生都服膺司马光。苏轼也曾记述，当司马光闲居在洛阳的时候，他的身份其实离宰相很遥远，但普通百姓都觉得他是宰相。这是因为，没有比司马光更像宰相的人了，他几乎是天生的领袖人物。后来"新党"的曾布在宋徽宗面前攻击司马光的时候，说信服司马光的都是愚鲁的小民，真正有水平的人，比如他哥哥曾巩，就会跟王安石做朋友。这虽是攻击，却也承认司马光深受普通民众的爱戴。

至于司马光一旦执政便急急忙忙起用苏轼的原因，倒也不仅仅出于私人友谊，后来"新党"的章惇道出了其中的关键，他说："司马光作相，用苏轼掌制，所以能鼓动四方。"（见《宋史·林希传》）所谓"掌制"，就是起草中央发布的文件、官员的任命状等，宋代分为"外制"和"内制"，前者是宰相签署的政府命令、文告，由中书舍人负责起草，后者则是皇帝的诏命，由翰林学士起草。苏轼于元丰八年年底到京后，第二年即元祐元年（1086）三月，未经通常的考试程序，就被委任为中书舍人，成为掌"外制"的中央机要官员，九月又升为翰林学士，进掌"内制"，成了参与决策的政府要员和朝廷的喉舌。这翰林学士距宰相只有一步之遥，金殿议政、北门草诏，对一个文人来说不能不算飞黄腾达，升至顶端了。而苏轼从贬谪黄州的罪人升到这一顶端，只花了两年时间。看来，太皇太后高氏和司马光对他确实是恩同再造。当然，正如章惇所说，司马光是要借助苏轼"能鼓动四方"的文章，来达到废除"新法"的政治目的。试想，在先皇帝尸骨未寒的时候，全盘否定他的政策，清洗他的大臣，则于朝廷文告之中，自然免不了要下一番语言上的功夫。司马光确实要仰仗苏轼的大手笔。同时，"贤良方正能直言极谏科"出身的苏辙也得到了合适的职务：右司谏。这是专门负责向朝廷提意见的"谏官"，级别不高，却颇有权势。苏辙于元祐元年二月到京就任，此后便以平均三四天一篇的频率向朝廷交上各种请求、论列、弹劾的奏议，经太皇太后和司马光审议决定后，再由苏轼起草文件去宣布执行。如此，他们所反对的"新法"一项项被废除，所厌恶的"新党"臣僚一个个被罢免，北宋政治局面被彻底改观，史称"元祐更化"。

因为职务的关系，苏轼起草了不少贬斥"新党"人物的诏令制诰，其中最著名的是《吕惠卿责授建宁军节度副使、本州安置、不得签书公事制》，谓"吕惠卿以斗筲之才，挟穿窬之智，谄事宰辅，同升庙堂。乐祸而贪功，好兵而喜杀，以聚敛为仁义，以法律为诗书。首建青苗，次行助役。均输之政，自同商贾；手实之祸，下及鸡豚。苟可蠹国以害民，率皆攘臂而称首"，骂得痛快淋漓。这是苏轼所有文章当中，骂人最厉害的一篇，当然给他自己留下了相当严重的隐患：一是把"新法"都说成吕惠卿祸国殃民的"罪行"，对于肯定"新法"乃神宗皇帝"圣政"的人来说，等于诬谤先帝，所以后来"新党"重新执政，就以这个罪名责罚苏轼；二是吕惠卿对他怨恨至极，后来连"新党"的官员都知道，不能让吕惠卿担任苏轼贬居地域的地方官，否则一定会出人命。

不过，在苏轼写出这类制诰的当时，那效果据说是大快人心的。喜爱苏轼的人也难免为他的升迁而欢欣鼓舞，在他的周围，立即形成一个诗酒唱和的文人团体，他们使"元祐"成为文学史上一个光荣的年号。随着王安石的"新学"失去意识形态的权威地位，苏轼的"蜀学"也渐渐在思想舆论方面发挥出重大的影响。于是太皇太后觉得有必要提醒苏轼对于神宗的态度，在一个夜里把他叫去，告诉他说，神宗皇帝晚年曾经着了迷一般地喜欢他的文章，只是来不及起用他，便过早地离世了，所以现在让他如此迅速地升官，原是秉承了神宗的遗志。这太皇太后虽是"更化"政策的决定人，但她害怕大臣们对"更化"的热情是出于对神宗的怨恨，而经过"乌台诗案"的苏轼最具有这样的嫌疑。从后来的情形看，太皇太后对苏轼始终保持了好感和礼遇，但他身上的这层嫌疑仍然意味着他的仕途走不到执政宰相的地步，因为在很多人看来，他是跟朝廷有仇的人。还在他刚刚被任命为翰林学士的时候，就有一位叫孙升的御史向太皇太后指出：这已经是苏轼适合担任的最高职务，不能再给他升官了！看来，苏轼只能在距离相权一步之遥的地方停下来，看着后面的人，包括自己的弟弟，越过他而走向相权所在的"东府"。

当然，只要登上了政坛，不管做多大的官，都要负责地表达自己的政见。还在从登州初回京城时，他就向司马光坦诚陈述，他基本上同意废除"新法"，但其中的"免役法"经实践证明为有利而可行，不宜一同废除。司马光没有被说服，但并不忽视他的意见，元祐元年四月还委任他"同定役法"。这样一来，两人的分歧就从私下的议论上升为朝堂上的争执，而且一度异常激烈。其实当时主张保留"免役法"的人也不少，但苏轼因为身任"同定役法",所以直接与司马光相顶撞,成了维护"免役法"的代表人物。据说,已经有人担心他会成为第二个王安石。据苏辙回忆,一直欣赏和帮助苏氏兄弟的司马光当时已非常恼怒,想把苏轼赶出朝廷。然而不久,元祐元年九月一日,司马光病逝了。

司马光的去世可能令苏轼避免了再次被驱逐,但也失去解决两人之间分歧的机会。死人有时候比活人更具权威,如果司马光活着,很多事情可以跟他本人讨论甚或争吵,未必不能使其改变决定,而他一旦去世,则所有意见都被忠实继承其遗志的人凝固起来,成为一个不可改变的存在。偏偏司马光又是一个人格魅力极强的领袖,"旧党"之中无疑有许多人愿意一直扛着司马光的旗帜。这样,只要苏轼等人不肯放弃自己的意见,这"旧党"就难免分裂。于是,历史上有了所谓的"洛蜀党争"。

苏轼兄弟是四川人,两人在元祐时升迁都很快。苏轼于二年任翰林学士兼侍读,做了小皇帝的老师,三年又任科举的主考官,当了所有新进士的"座师",后又任吏部尚书;苏辙于二年任户部侍郎,后迁翰林学士、权吏部尚书、御史中丞等职,一直升到尚书右丞和门下侍郎,成为执政宰辅。他们的权势、影响日盛,围绕着他们就形成"蜀党"。"洛党"之首是洛阳人程颐,著名的理学家,被司马光荐入朝廷,任崇政殿说书,给小皇帝讲课,官位比苏氏兄弟要低许多。但程颐的门人朱光庭、贾易等却长期任职于御史台,有弹劾权。另外还有一个势力更大的"朔党",与洛、蜀各有异同,牵掣交织,情形复杂。

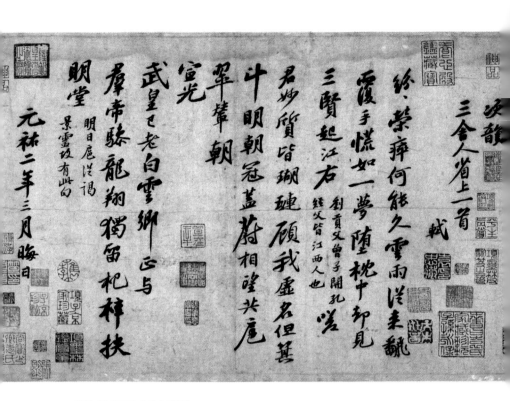

苏轼《次韵三舍人省上诗帖》

故党争呈此起彼伏之势,最终两败俱伤,各无大建树。

据说,苏轼和程颐产生矛盾,是因为他喜欢开玩笑,看不惯程颐一本正经的态度。但苏轼的朋友中也并非没有一本正经的人,不见得就不能沟通。实际上,苏轼自己在奏章中曾一再向太皇太后说明,他之所以与别的官员产生矛盾,归根到底是因为役法问题。果真如此,则苏轼的真正对手并不是官位甚低的程颐及其门人,而是坚持废除"免役法"的大臣。苏辙晚年曾留下一部篇幅颇大的自传,名《颍滨遗老传》,里面提到他的许多政敌,却没有程颐。由此看来,"洛蜀党争"只是一个表面现象,纷纷扰扰中掩盖着更高层的争斗。而且,"蜀党"或"川党"的名称本身,就是政敌为了攻击苏氏兄弟而炮制出来的,若仔细追究,也有些名不符实。在历来被视为二苏党羽的官员中,其实很少有四川人,比如"苏门四学士"或"六君子"就没有一个是四川人;跟他们政见较为一致的四川籍官员当然也是有的,但如吕陶、范百禄等,年龄、资历都高于苏氏,视为其党羽是很勉强的。在元祐年间,从政治上支持二苏最有力的人物,一个是宰相范纯仁(范仲淹子),一个是执政胡宗愈,也都不是四川人。胡宗愈乃是常州人,而苏轼在常州买田安家,从这个角度说起来,倒也接近于"同乡"关系,但起码跟四川无关。值得一提的是,在胡宗愈被提拔为执政时,公开指责他是二苏的同党,加以激烈反对的,也不是所谓"洛党"中人,而是司马光的忠实弟子刘安世。为了阻止胡宗愈出任执政,他向太皇太后连续奏上二十余状,大有不达目的死不罢休的决心。

要说二苏在元祐年间的"政敌",这才是最强悍的一位。史书上一般将刘安世归为"朔党",而苏辙在自传中提到的元祐年间最可怕的政敌,则是另一位"朔党"宰相刘挚。这位刘挚,资历原比苏轼略浅,就因为御史孙升等人极力堵塞了苏轼出任执政的可能性,所以让他越过苏轼而升上了执政,继而拜相。刘挚有一个文集传下来,名《忠肃集》,为之作序的正是其同党刘安世。

应该说,苏辙在自传中提供的说法是值得重视的,因为身在高层的他看得比较清楚。但是,"洛党"诸公可能并不知道自己在被人利用,从元祐元年十二月起,贾易和朱光庭似乎一直以攻击苏轼作为他们的政治使命,他们从苏轼的诗歌、文章入手,找出一些词句来证明苏轼对神宗的不敬。这本来就是苏轼容易被怀疑之点,因此他不能不上章自辩,两党便公开相争。朝臣各有左右,攻轼者"不止三人,交章累上不啻数十"(见苏轼《辩试馆职策问札子二首》之二),而攻程颐的也颇不乏人,结果程颐在元祐二年八月被赶回洛阳。此后苏轼忙于议论边关防务和处理科举事宜,但曾与黄庭坚结怨的赵挺之,又伙同别人攻击苏轼,事在元祐三年。苏轼自觉不安于朝,于是接连上章请求外任,并于元祐四年三月获准出知杭州。

元祐党争的后果,不仅仅是令苏轼和程颐都离开了朝廷,更严重的是,它使失去了司马光的"旧党"再也不能产生具有权威的领袖,一直无法改变政在宫闱的局面。元祐之政将重蹈元丰之政的覆辙,当苏轼与司马光产生分歧时,他大概没有想到坚持独立见解要付出如此重大的代价。

9. "还来一醉西湖雨"

如果说熙宁党争中的苏轼是主动投入、积极作战的话,元祐党争中的他却是被动受攻,除了不得不作出的辩白外,基本上没有热情去参与,经常充满无可奈何的厌倦之感,而自己想办的事又总有人反对,争论一番的结果多是不了了之,越来越没有意思。与此相比,走出京城去当地方官是对他更有吸引力的,这一方面可以避开党争,另一方面也可以在地方上自己做主办成一些事。加上苏辙的官越做越大,兄弟同朝虽然意气飞扬,也不免遭人闲话,反为不便,所以从元祐四年(1089)以后,苏轼一直愿意在地方上任职。

元祐四年三月苏轼获准出任杭州知州,四月出京。此时,被罢免的"新党"宰相蔡确因为写诗提及唐代的武则天,被人告发,说是暗指太皇太后高氏,引起一场轩然大波,史称"车盖亭诗案"。上文说过,蔡确是当年"乌台诗案"发生时的执政官,是李定的后台,这一回他自己也尝到了"诗案"的味道,真可谓报应不爽。不过,苏轼却在临行前夕向太皇太后上疏,请她宽恕蔡确。苏轼对蔡确肯定是没有好感的,但他认为用文字狱的方式加罪于前朝宰相,并不合适。他还设计了一个具体的应对措施:由皇帝下诏严厉追究,再由太皇太后下旨免于追究,这样既明确了朝廷的意向,可以警告"新党",又不至于构成文字狱,有伤"国体",可谓两全其美。这个时候的苏轼即将离朝,并没有发表处理意见的责任,他完全可以不闻不问,让政敌去自食恶果。他之所以为蔡确求情,看来还是出于对"诗案"的反感。但是,太皇太后并未采纳苏轼的提案,她恨死了蔡确,虽然对苏轼没有理会,却罢斥了另一些反对搞"诗案"的大臣,如宰相范纯仁、执政王存、中书舍人彭汝砺等,还对老臣文彦博抱怨:"现在都没有人去管一管蔡确,要是司马光还活着,一定不会到这地步。"这就使主张严惩蔡确的"朔党"刘挚、刘安世等大获全胜,最后将蔡确贬死于岭南。《宋史》把蔡确列入《奸臣传》,认为死不足惜,但此事的后果极其严重,后来"新党"重新执政,就三番五次地祭起为蔡确申冤的灵旗,对报复的手段不再有所忌讳,把"旧党"整得死去活来,而苏轼亦罹其祸,这是后话了。

事有凑巧,出赴杭州的苏轼在途中又见到了另一个与"诗案"相关的人物——被闲废于润州的沈括,他是远在"乌台诗案"发生之前最先告发苏轼诗文寓含讥讽的。据载,此时的沈括对苏轼"往来迎谒,恭甚"。想来,苏轼并不拒绝沈括与他交往。

苏轼到达杭州任上,已在七月。这是他第二次在这"东南第一州"任职,所以西湖的景致总会勾起他的人生感慨。正好当时任两浙路提点刑狱使的莫君陈,是苏轼嘉祐二年(1057)的"同年"进士,因此苏轼一到杭州,便与这位"莫同年"到西湖边去饮酒:

到处相逢是偶然，梦中相对各华颠。还来一醉西湖雨，不见跳珠十五年。(《与莫同年雨中饮湖上》)

诗中的"跳珠"，就指西湖上的暴雨，熙宁年间的苏轼曾用"白雨跳珠乱入船"形容之，我们已在前文中引述了。可以注意的是，首句"到处相逢是偶然"，实际上也概括地重复了早年"雪泥鸿爪"诗的意蕴，太渺小的生命个体在太巨大的空间里不由自主地飘荡，所到所遇无不充满偶然性，同梦境没有根本区别。但在此过程中，人生最珍贵的东西——时间，却悄无声息而冷酷无情地流逝，当老朋友重逢而彼此看到的都是满头白发时，感慨之余，是否为生命的空虚而悲哀呢？在这里，苏轼虽然没有悲叹，可读者分明能感到一种人生空漠的意识扑面而来。

　　不过，让我们换一个角度来看这件事：如此渺小的个体在如此巨大的时空中飘荡，而居然能够重逢，那简直是个奇迹，足可快慰平生。所以，苏轼现在开始为"重逢"而欣喜，因了这重逢的喜悦，"雪泥鸿爪"般的人生也弥漫出温馨的气氛，驱走了空漠意识。十五年前的西湖之雨，跳珠似的溅起来，欢快地落向船板的情景，再一次出现在眼前，仿佛一段悠扬乐曲中的主题重现，令人陶醉其中。如果说"重逢"是个奇迹，那么不管如何平凡的人生，原也不乏这样的奇迹，关键在于你是否懂得去感知。生命如此具有诗意，绝不可以厌倦，离开了京城的苏东坡，马上就回复了他对于人生的热恋。

　　当然，他也无法忘怀现实的政治，因为他既有诗人的胸襟，又有造福斯民的责任感。面对当时两浙地区的严重灾情，他不能不利用他的职位和影响，去向朝廷请求免收租税，开仓赈济，还创置病院来救死扶伤，惩治恶人来安抚民情，而与此同时还要设法摆脱"洛党"的牵掣，因为他们居然说苏轼在谎报灾情，争取过多的赈济款项。——这简直是把灾民的生死不当回事，"党争"发展到这种程度，是只能用"丑恶"来形容的了。可就是这个被泼着脏水的杭州知州，以他的出色治理，给后人留下了一个更为美丽的杭州。当时苏轼发现西湖有被"葑合"（被茭白等水中植物淤塞）的趋势，便上奏朝廷，制定和论证了他的治湖规划，获准动工。他率人开掘葑滩，疏浚湖底，并用葑泥堆建长堤于里湖、外湖之间，南起南屏山，北至栖霞岭等山，中开六桥以通水，这就是著名的"苏堤"。为防西湖湮塞，他又计议在湖上造小石塔三五处，禁止在石塔以内水域种植菱荷茭白之类。不久建成三座，就是今天的"三潭印月"。继唐代白居易之后，苏轼的一番作为，不仅有治湖之功，也使西湖的人文景观大大丰富。

除了西湖之外，钱塘江潮也是杭州的一大景观，古往今来，得到过无数骚人墨客的吟咏，而人们之所以被这与人无关的潮水起落所感动，大抵因为它是某种激烈的感情或思想之起伏的最好象征。古人说："风乍起，吹皱一池春水，干卿底事？"这潮水当然也是"干卿底事"之物，只是触发感情的媒介吧。当苏轼将被召回朝廷，离开杭州时，便以潮水起兴，作《八声甘州》一阕，赠给方外朋友参寥子道潜：

> 有情风、万里卷潮来，无情送潮归。问钱塘江上，西兴浦口，几度斜晖？不用思量今古，俯仰昔人非。谁似东坡老，白首忘机。　　记取西湖西畔，正春山好处，空翠烟霏。算诗人相得，如我与君稀。约他年、东还海道，愿谢公、雅志莫相违。西州路，不应回首，为我沾衣。

此词一开头就将潮水和感情融成一片，潮水被海风不远万里地卷来，似乎有情，而又匆匆退去，似乎无情。自己仿佛也是如此，两次到杭州任职，于此一方山水人物，亦可谓有情，但时至元祐六年（1091），复被朝廷唤回，不能不离杭而去，是不是太无情了呢？

道潜虽是诗人，毕竟也是僧人。僧人原不该有情，可苏轼与参寥子临别之际，却大谈感情。人生自不能无情，但世俗利害得失缠绕之中，人与人之间多的是利益结盟，党同伐异，没有感情可言，反而与超脱世外的僧人倒有真正的感情了。北宋的士大夫政治造就了这样特殊的人文景观：我们经常称政治家是没有感情的动物，但文人又可谓人类中感情最为丰富的群落，而士大夫经常兼为政治家和文人，于是身为政治家的文人必然饱受"有情"和"无情"的矛盾煎熬，对于真正友情的寻觅，往往使他们和方外的僧、道成为至交。有的时候，他们会忘记对方是个出家人，只把其当作知己朋友来寄托一份感情。当苏轼在词的结尾处说他一定要像东晋的谢安一样，东还海道，免得参寥子为自己抱憾沾衣时,他并不认为对方是无情的僧侣。世人无情而僧人却有情,说来也可算一件怪事,但那也反映出诗人对人间真情的不懈追寻。

苏轼离朝后,苏辙马上接替了他的翰林学士职务,掌"内制",继而出使北方的大辽。苏辙在辽时,到处有人向他打听"大苏"的消息,也看到不少人在诵读苏轼的文集,说明苏轼在那里也久负盛名。苏辙归来后担任御史中丞的要职,在太皇太后支持下力主"分别邪正",反对起用"新党"人物,招怨愈多。苏氏兄弟和"苏门"的某些行为较浪漫的"学士"不断遭受攻击,这使得杭州任满后回京的苏轼,担任翰林学士未数月,又急急避嫌外任,于元祐六年闰八月到达颍州知州任上。他在颍州不到半年,但对此地很有感情,这是因为他的恩师欧阳修终老于斯。颍州也有一个西湖,他发动大家引水、修闸,但不到工程完成,他就被调往扬州去了。

元祐七年(1092)春苏轼改知扬州。无独有偶的是,扬州也有一个瘦西湖。后来苏轼贬到惠州,那里还是有西湖,所以有人说苏轼是"一生与宰相无缘,到处有西湖作伴"。当时扬州的通判是晁补之,所以苏轼和他在公务之余,也常有文学活动。

但不到半年时间,元祐七年九月苏轼又被召回京师,参与了郊祀大典,进官端明殿学士、翰林侍读学士、礼部尚书,这是他一生中最高的官位。时苏辙以太中大夫守门下侍郎(执政之一),兄弟皆身居高职。这一次苏轼留在京城差不多有一年光景,御史们不断地弹劾他,说现在"川党太盛",使他不安于朝，连连请求外任，终于在元祐八年（1093）六月获知定州（今河北定县）。尚未启行，他的妻子王闰之于八月一日病故。此时元祐之政已经日薄西山，太皇太后高氏于九月弃世，宋哲宗亲政。虽然苏轼做过哲宗的老师，但这个皇帝对他祖母信任的人都没有好感。在九月二十七日赴定州之前，苏轼以边帅的身份照例要求上殿面辞，却被哲宗拒绝，他只好在临行前夕上表，苦劝哲宗："陛下之有为，惟忧太早，不患稍迟。"（《朝辞赴定州论事状》）他已敏锐地觉察到国事将要大变了。

定州任上的苏轼依然尽心尽力。此地与辽国交界，防务十分重要。他一边整顿将骄兵惰、训练不良的官军，严惩贪污将领，禁止赌博酗酒，亲自检阅操练；一边又恢复原先行之有效的"弓箭社"，计划整编一支三万人的民兵武装，利用边人的战斗经验以加强防辽的实力。但在他这样做时，心情却是忐忑不安的。他预感到一场政治风暴将要向他袭来，因而在文学作品中一再为自己身陷政治斗争而感叹。但他可能未必料到，接下来要遭受的打击，其残酷程度会远远超过以前遭受过的一切。

10. 万里南迁

宋哲宗赵煦生于熙宁九年（1076），元丰八年（1085）登基为帝，年方十岁。太皇太后高氏在执政期间，对这位小皇帝的教育不可谓不重视，旧党中有名的学者如苏轼、程颐等，都做过他的老师。但历史上几乎没有比这更为失败的教育了，元祐八年（1093）九月太皇太后一死，在旧党的包围影响下成长的宋哲宗刚刚亲执政柄，便致力于更换元祐大臣，召回"新党"人物，恢复神宗"新法"。也许"旧党"不幸遭遇了赵煦的逆反心理最为强烈的年龄段，使其循循善诱全都收获了绝然相反的结果。不过，按中国皇朝时代的普通理念，母后当政乃是不得已的不正常局面，高氏身为皇帝之祖母，却执政近九年，其间哲宗已逐渐年长，而满朝大臣居然没有一个去提醒她应该及时把权力归还给天子，则对于哲宗来说，自非值得信任之辈了，那么除此之外，他当然只能到被贬斥的"新党"中去寻找自己的支持者。而"新党"也抓住了时机，给哲宗否定元祐之政提供了一个天经地义般的理由，就是"子承父业"，即继承神宗的政策，谓之"绍述"。

元祐大臣的内部党争终于结出恶果。本来，满朝大臣因"新旧党争"而一分为二，一党执政时，另一党被排斥，已经使人才资源减少了一半，使中央政府的某些部门经常缺员，没有合适的人去填补。为了不给"新党"复起的机会，元祐大臣多持"宁缺不补"的立场。但终究不能不补，再加上"旧党"内部党争又排斥掉许多官员，这就使"新党"人物向中央的渗透，越来越成为不可阻挡的趋势。在苏轼出赴定州之前，上章弹劾他的御史中，就有一位江西临川人黄庆基，乃是王安石的表弟。这黄庆基从小就跟随王安石学习，还得到过曾巩的夸奖，说他实在太像王安石了。元祐大臣居然会让他去担任御史这样的要职，真不知该说成宅心仁厚，还是头脑昏聩！其担任御史后几乎唯一的"作为"，就是激烈弹劾苏轼。虽然在这个时候去弹劾被太皇太后所信任的苏轼，弹劾者大致也要付出丢官弃职的代价，黄庆基就因此被逐出了朝廷。但是，从小受王安石教导的人，势必视富贵如浮云，不惜付出这样的代价，去跟苏轼斗个两败俱伤，而为"新党"复起开辟道路。同时，"旧党"内部延续不断、混乱不堪的党争，也使他们不能及时结束政在宫闱的不正常局面，既丧失了争取哲宗好感的任何机会，又不能对他的"绍述"意志起到有力的阻止作用。结果是企图在理论上否定"绍述"的苏辙首先遭到惩罚，在元祐九年（1094）三月，以讥讽神宗穷兵黩武之罪，被罢去执政之官，出知汝州。随即，哲宗四月份改元"绍圣"，起用章惇为宰相，大张旗鼓开始"绍述"之政。就在这一月，御史们袭用"乌台诗案"的故伎，纠弹苏轼以前起草的文件中有讥斥神宗之语。到这个时候来看苏轼以前的文章，便满眼都是颠倒黑白、愚弄君主的话了，苏轼马上得到落两职（取消端明殿学士、翰林侍读学士的称号）、追一官（自左朝奉郎降为左承议郎）、责知英州（治所在今广东英德）的严惩。这便是后来"新党"的张商英所谓"一麾汝海，坐穷兵黩武之讥；万里英州，下丑正欺愚之令"（《续资治通鉴长编拾遗》卷十七），哲宗皇帝以惩罚苏氏兄弟，揭开了打击"元祐党人"的序幕。

所谓"丑正欺愚之令"，就是绍圣元年（1094）四月由中书舍人蔡卞（蔡京之弟，王安石之婿）起草的《苏轼落职降官知英州制》，其中说到苏轼的为人，是"行污而丑正，学辟而欺愚"，意思是，自己行为下流，却还要去诋毁正人，学问乖僻，却经常用来愚弄别人。大概张商英觉得这两句话十分精彩，故加以引用。毕竟蔡卞学王安石为文，修辞上的功力还是很深厚的。

贬谪的命运再次降临到苏轼的身上，而且由于主持"元祐更化"的司马光已经去世，所以这位"更化"时期朝廷重要文告的起草者便被当作罪魁祸首，遭受了恢复权力的"新党"最大的敌视。据记载，绍圣元年四月贬谪苏轼，曾经"三改谪命"（《赴英州乞舟行状》）：最初是剥夺两学士职，以左朝奉郎（正六品上）责知和州，马上改知英州，迅即又降官为左承议郎（正六品下）。但接下来还有更厉害的，六月份苏轼赴贬地经过当涂（今属安徽）时，又接到诏令，被贬为建昌军（今江西南城）司马、惠州（治所在今广东惠阳东）安置。苏轼只好把家小安顿在宜兴，独与侍妾朝云、幼子苏过南下。当途经庐陵（今江西吉安）时，又改贬为宁远军（今湖南宁远）节度副使、仍惠州安置。这样，实已五改谪命。这最后一次谪命的起草人，便是被章惇特意提拔的苏轼"同

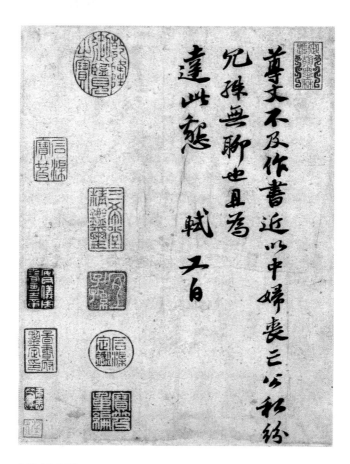

苏轼《尊丈帖》

年"林希,其所撰《苏轼散官惠州安置制》,可谓极尽丑诋:"忘国大恩,敢以怨报。若讥朕过失,何所不容。仍代予言,诬诋圣考。乖父子之恩,害君臣之义。在于行路,犹不戴天;顾视士民,复何面目!乃至交通阉寺,矜诧幸恩。市井不为,搢绅所耻……宥尔万死,窜之遐服。虽轼辩足惑众,文足饰非,自绝君亲,又将奚怼?保尔余息,毋重后悔。"意谓你苏轼忘记了神宗皇帝宽大处理"乌台诗案"的恩惠,一直怀有怨恨,所以元祐年间代我(哲宗)起草的诏令,都是诬诋神宗之言。这等于让我去骂了自己的父皇,害得我现在没脸见人。我与你苏轼之间,已是不共戴天。更何况你还勾结宦官,行为比市井小人还要下流。这真是该杀死一万次的罪行了,可我还是宽大为怀,只把你贬谪到远方而已。你苏轼再有才华,也是自取灭亡。现在,好好去苟延你的残喘,再不老实就要更严厉地处决了。——这简直就是满篇的谩骂与恐吓,或许林希起草的时候,脑子里有一个竞赛的对象,就是他们的另一"同年"吕惠卿遭贬时,苏轼起草的那篇著名的制书,上文已经引述。当时章惇说过,司马光用苏轼"掌制",所以能顺利推行"更化"政策,如今我要"绍述",哪里去找个合适的人来"掌制"呢?林希自告奋勇为章惇"掌制",得到提拔,所以要跟苏轼竞赛,骂得更凶一些。不过,所谓"辩足惑众,文足饰非",与蔡卞制书中的"学辟而欺愚"一样,林杀此文还是从反面承认了苏轼的才华、名声和影响力,这一点是没有人能够忘怀的,包括对他切齿痛恨的政敌。

此年的六七月间，朝廷第一次大规模贬窜"元祐党人"。死去了的司马光被追削生前的官职，磨毁墓碑；活着的均被贬谪远州。苏辙在连续遭贬后，结果又到他元丰时的谪居地筠州居住，竟像做了一场大梦一般。"苏门四学士"也不能幸免，这一批富有才华的文学家，从此进入了他们困顿坎坷的后半生，尤其是黄庭坚、秦观二人，被谪至黔州（今重庆彭水）、处州（今浙江丽水），境遇甚恶。苏轼对于自己的不幸颇能处之不惊，但对于这些门生因受他连累而遭遇不幸，则甚怀不安。然而，若不是张耒及时派去两个兵丁一路护送，苏轼恐怕难以顺利到达惠州。

北宋的地方行政建制，在县、州之上，已经有了相当于后代"省"级建制的"路"，惠州就在广南东路（简称"广东"）。这"路"级的官员，时常要巡视所辖各州，所以在各州都设置了临时官邸，谓之"行衙"。此"行衙"空闲时，也可充当学校、考场，或招待过往官员暂宿。苏轼于绍圣元年十月初到达惠州，当地官员就让他住到"行衙"的合江楼里。但是，据说这样的待遇对一个逐臣来说太高了，所以十几天后即迁居到偏僻的嘉祐寺。第二年，他的表兄程之才担任广东路提点刑狱使，巡行至此。

程之才是苏轼母亲程夫人兄弟的儿子，早年曾娶苏轼的姐姐八娘为妻，亲上加亲。中国民间传说中，苏轼有个妹妹叫"苏小妹"，嫁给了秦观，此事纯属子虚乌有，但苏八娘也确实颇有才华，也许她就是"苏小妹"的原型。可惜这苏八娘嫁到程家后，与公婆、丈夫都无法相处，早早地去世了。据苏洵的说法，是程家将他女儿迫害致死，所以苏洵悲愤不止，坚决地与程家绝交了。程之才也考上了进士，但不曾担任重要职务，故其在"新旧党争"中的立场不太清楚。此时之所以会到广东当提点刑狱使，是因为当朝大臣中有一些曾是苏轼的"同年"朋友，了解苏、程两家的矛盾，因此特别派程之才前来，方便他给苏轼吃点苦头。没有料到的是，这对绝交了数十年的表兄弟，在异乡白首相见，不但不修旧怨，而且重叙亲情。善于沟通的苏轼，又一次争取到了一段弥足珍贵的人间温情。在程之才的照顾下，他得以重新住入合江楼。当然，等程之才离任后，他又被赶到了嘉祐寺。

嘉祐寺的边上有个松风亭，苏轼曾作小品文《记游松风亭》，云：

> 余尝寓居惠州嘉祐寺，纵步松风亭下。足力疲乏，思欲就林止息。望亭宇尚在木末，意谓是如何得到？良久，忽曰："此间有甚么歇不得处！"由是如挂钩之鱼，忽得解脱。若人悟此，虽兵阵相接，鼓声如雷霆，进则死敌，退则死法，当甚么时，也不妨熟歇。

这是一次小小的游历，游玩的过程全无交代，只是一点心理感受：因为预先确定了游玩的目标，所以为到达不了那里而不胜其苦；一旦放弃这个目标，就如鱼脱钩，释去羁绊，轻松自在。从而，苏轼悟出人生的哲理，人们在生活中要善于摆脱自我限制，获得心灵的完全自由。进一步，生死也可置之度外，即便万分危急之时，也可以突然醒悟："此间有甚么歇不得处！"

如果联想到苏轼是被迫迁居的，则"此间有甚么歇不得处"或许带着一点倔强的抗议：这嘉祐寺有什么住不得！如果再想到他谪居岭南的处境，那么或许他也借此向朝廷宣告：这惠州有什么住不得！当然，在合江楼和嘉祐寺之间往复迁居的经历，也催生了他买地筑屋的想法：

> 前年家水东，回首夕阳丽。去年家水西，湿面春雨细。东西两无择，缘尽我辄逝。今年复东徙，旧馆聊一憩。已买白鹤峰，规作终老计……（《迁居》）

诗中的"水东"指嘉祐寺，"水西"指合江楼，至"今年复东徙"于嘉祐寺，乃绍圣三年（1096），苏轼已在惠州白鹤峰下买了一块地，开始建造自己的住房了。他准备就在此地终老。

"新党"也许吸取了神宗一死，政策就被改变的历史教训，因此以蔡卞为首，兴起了"国是"之论。所谓"国是"，就是以国家的名义，将"新法"和"新学"确定为唯一正确的政策方针和指导思想，它不单是被某一个皇帝所肯定，而且是"国之所是"，世世代代必须遵守，其权威性似乎比皇帝还高。与此相应的是，王安石的遗像被塑到孔庙里，与颜渊、孟子一起陪侍孔子，连皇帝见了也必须下拜。这个像后来给"旧党"提供了口实,斥之为"逆像"。但蔡卞的目的,大概不是要让王安石受皇帝的一拜,他是想借助于意识形态的力量,使当前的政策能够延续下去。在此情况下,苏轼就不但是个得罪皇帝的罪犯,而且是个违背"真理"的异端了,因为既有"国是"可依,苏轼的学说就被明确宣布为"邪说"。现在他即使什么都不做,也是这个国家最危险的敌人了。其处境之凶险,当然不言而喻。

除了从朝廷一直延伸到地方的无所不在的压力外,年老多病、物质生活的困乏、岭南地区相对落后的人文环境以及流行的瘴疠等等,也都在威胁着苏轼的生存。自程之才离任后,侍妾朝云又染病去世,对他的打击极其严重。这朝云姓王,字子霞,原是杭州人,在苏轼担任杭州通判时就开始跟随他,贬居黄州的时候曾生过一子,名苏遁,可惜未满一岁就夭折于江宁府。到了远赴岭南的时候,苏轼的第二个妻子王闰之也已过世,朝云成为晚年苏轼唯一的异性伴侣了。绍圣三年(1096)七月,她在惠州去世,其坟墓至今还留存在当地。她是东坡的文学作品中提到最多的一位女性,从这些作品中可以看出她年轻时能歌善舞,晚年则能与东坡一起参禅,所谓"舞衫歌扇旧因缘""天女维摩总解禅"(《朝云诗》),与东坡之间有较高的精神沟通,不仅仅是为其生平增添一份浪漫色彩而已。东坡词中有《西江月·梅花》一首,有的版本题作"古梅",或作"惠州咏梅"等,也有的版本无题,但按宋代许多笔记的说法,这是以吟咏梅花来寄寓悼念朝云的意思:

玉骨那愁瘴雾，冰姿自有仙风。海仙时遣探芳丛，倒挂绿毛幺凤。　　素面常嫌粉涴，洗妆不褪唇红。高情已逐晓云空，不与梨花同梦。

如果说此词总体上是以花喻人，那么词句间却又以人喻花，上阕开头的"玉骨""冰姿"，和下阕开头的"素面""唇红"，都兼写花的高洁、人的美丽，显示出人和花的交融一体。写环境的只有"瘴雾"一语，指南方的瘴疠之气，即湿热蒸发致人疾病的雾气，看来这就是朝云的死因了。令作品别开生面的，是作者极为擅长的一种陪衬法，又可分为正衬和反衬，上下阕分别用之。岭南有一种珍禽，俗称"倒挂子"，绿毛红嘴，形状如鹦鹉而小，栖息时倒挂在树枝上。苏轼曾认为，此鸟"自东海来，非尘埃中物"，所以他说，这是海上仙人派遣来这里探访梅花的小凤鸟。梅花和珍禽相映成趣，这是正衬。唐人王昌龄曾有《梅花》诗云："落落寞寞路不分，梦中唤作梨花云。"他在梦里把梅花唤作梨花，但苏词的末句则反用其义，意谓梅花独开独谢，与梨花不同时。所以他说，梅花的高洁情操已随着清晨的晓云一同散去，她不屑与世俗的梨花同入一梦。这是反衬。

正衬、反衬，衬出的都是在恶劣环境中保持玉骨仙风，不假修饰而天生丽质的高洁形象。不妨进一步追究的是：为什么海上仙人要派珍禽前来探访呢？除了衬托梅花（朝云）的超尘脱俗外，应该也暗寓她原本来自东海仙山的意思。就是说，仙人、珍禽、梅花（朝云）本来都在仙山，不知因何缘故，梅花（朝云）流落至此，所以才有探访之举。如此说来，这梅花（朝云）竟是所谓"谪仙"，迟早是要乘风归去的，那当然就"不与梨花同梦"。等她一旦归去，世间就徒自向往，再不可及。那已经永久逝去的美丽，飘向云端，随着晓云瞬间流散，空无痕迹，再也不入这世俗的幻梦了。可以注意的是，"晓云"的意思就是"朝云"，这似乎是东坡故留破绽，让读者猜测到他歌咏的对象。

朝云的去世令东坡居士真正落入"晚景凄凉"的地步，但东坡之为东坡，给予后人最深刻的印象，却也莫过于他的善处逆境。他以顽强的自我肯定，与种种生活的智慧，来对付困难。他借了一块不到半亩的地来种菜，吃着自己劳动的收获，认为其味胜过粱肉。他又在这菜园里种上人参、地黄、枸杞、甘菊、薏苡等药物，不但用作自我调理，还常施与别人治病。他在酿酒方面已能自创酿法，名为"真一酒"。在精神上，他也保持着多方面的追求，除了儒家知识分子"穷则独善其身"的总体原则外，比较突出的有两方面。一是对佛老思想有了更深入的理解，以佛教关于生命空虚的学说来自脱于痛苦，保持理智的清醒，而令人生具有诗意；又以道教的长生久视之术来佐助养生，并返视生命的本源，自觉守护高贵、纯洁的人格。二是"和陶诗"的大量写作，据其自述，是准备在惠州将陶渊明诗全部唱和一遍的。后来在儋州时编成一集，有一百多首。为什么要用"和陶"的形式来写作呢？显然是为了追企陶渊明的人生和诗歌境界。黄庭坚曾形容此时的东坡："饱吃惠州饭，细和渊明诗。"(《跋子瞻和陶诗》)这"饱"字烘托出身处艰危而泰然自适的风度,"细"字又刻画出"和陶"的用功之深。陶诗"外枯而中膏,似淡而实美"(苏轼《评韩柳诗》)的艺术价值,经了东坡的品味后,在诗歌史上获得重新发现,"和陶诗"正是要再造这种艺术的极致之境。

岭南虽比中原落后许多,但南国风光和此地特有的物产,对于诗人来说却也是新鲜的题材。实际上,在苏轼之前,岭南本地出生的诗人极少,流寓至此的诗人也只偶尔描写当地风景,所以,南国风光大规模地进入中国的诗歌史,是以苏轼为重要标志的。至于物产,最有名的自然是荔枝,这是因了唐代杨贵妃的喜欢、白居易的描绘,尤其是杜牧"一骑红尘妃子笑,无人知是荔枝来"的名句而脍炙人口的。苏轼惠州诗中也多次写到荔枝,其中第一首《四月十一日初食荔支》就作于绍圣二年(1095),此诗也是陪衬法的典范之作:

> 南村诸杨北村卢,白华青叶冬不枯。垂黄缀紫烟雨旦,特与荔子为先驱。海山仙人绛罗襦,红纱中单白玉肤。不须更待妃子笑,风骨自是倾城姝。不知天公有意无,遣此尤物生海隅。云山得伴松桧老,霜雪自困楂梨粗。先生洗盏酌桂醑,冰盘荐此赪虬珠。似闻江鳐斫玉柱,更洗河豚烹腹腴。我生涉世本为口,一官久已轻莼鲈。人间何者非梦幻,南来万里真良图。

第一句有作者自注:"谓杨梅、橘卢也。"这两种果品比荔枝成熟早一些,但不及荔枝味美,所以被苏轼比作先驱。接下来,在唐诗中曾经是"妃子笑"的陪衬物荔枝,经苏轼的品赏,本身就被比作了穿着绛色罗襦和红纱内衫的海山仙人、倾城美女,妃子倒过来只成了荔枝的陪衬。一起作为陪衬的还有山楂和梨,在北方徒受霜雪之困,所以肉质粗糙,当然不能跟荔枝媲美。与荔枝同享赞美的是南方山上的松树、桧树,在广东一带,它们经常与荔枝夹杂种植,所以被苏轼比作了伴侣。还有江鳐(一种贝类)壳内的肉柱,和河豚鱼腹下的肥肉,苏轼认为它们的味道与荔枝相近。东坡先生一边喝着桂花酒,一边饶有兴致地作着点评:这个是先驱,那个是伴侣,这个不能比,那个可以一比……

据说,晋代的张翰在洛阳当官,一日见秋风起,想起了家乡的莼菜羹、鲈鱼脍,便弃官还乡了。这是著名的典故,但苏轼却又反用之,意谓自己贪恋口腹之欲,久已不思故乡。当然"我生涉世本为口"是一语双关的,与上文所引《初到黄州》诗的"自笑平生为口忙"一样,他的一张嘴用于美食,颇觉享受,用于说话,却总会带来灾难。不过权衡之下,享受还是高于灾难,更何况现在因贬谪岭南而吃到了荔枝,那真是灾难带来的享受了。所谓"南来万里真良图",这远离朝廷、没有霜雪打击的南方,才是适宜于荔枝生长之地,回顾北方的霜雪之下被困的山楂和梨,真是粗俗之物了。因此,作此诗的次年,苏轼再次吃到荔枝的时候,就更明快地表示:"日啖荔支三百颗,不辞

长作岭南人。"(《食荔支二首》之二)

　　当东坡终于创造出一个自适的环境，感到自己已经"安"于惠州时，他用了几乎所有的积蓄而在白鹤峰下建筑的新居，也在绍圣四年（1097）二月完工。于是，他自嘉祐寺搬入新居，原先被安置在宜兴的家人，也由长子苏迈带领，前来与他团聚。这当然使六十二岁的他感到欣然。然而，这造房安家以图终老惠州的打算，分明是低估了朝廷对于"元祐党人"的敌意。

11. 海角天涯

就在白鹤新居建成的绍圣四年二月,朝廷又一次大规模追贬"元祐党人",苏辙责授化州别驾、雷州（今广东雷州）安置,张耒被贬到黄州去监酒税,秦观移送横州（今广西横州）编管,连在家服母丧的晁补之也被夺职,一同被追贬的达三十余人,但其中却无苏轼。不过,到闰二月,追贬苏轼的诏令就下来了,将他责授琼州（今海南海口琼山区）别驾、昌化军（今海南儋州）安置。于是,他只好把家属留在惠州,在苏过的陪同下再次走上贬途。

据南宋《艇斋诗话》所记的传闻,苏轼此番再贬,起因于他在惠州写的一首诗:

> 白头萧散满霜风,小阁藤床寄病容。报道先生春睡美,道人轻打五更钟。（《纵笔》）

诗中以白描手法、写意笔触,寥寥数语便勾画出一位饱经风霜、老病缠身,却安闲自适、淡然处之的自我形象,后两句的意思是:听到有人报告说苏轼睡得很甜美,僧人就轻轻敲钟,以免惊醒他。这自然是令人莞尔的俏皮话,但据说,"新党"的宰相章惇读到了"春睡美"的句子,觉得苏子瞻居然还如此快活,大为恼怒,便将他再贬儋州。

这当然只是因为人们喜欢苏轼这首诗,而给它制造的传闻。绍圣四年再贬的"元祐党人"达三四十人,并非专对苏轼一人而来。其原因,比较可信的记载是:在绍圣三年的年底,元祐宰相吕大防的哥哥吕大忠自渭州入朝,哲宗接见他时问到了吕大防的情况,并表示了好感,说不久可以再相见。此事引起了"新党"的恐慌,就兴起再贬之议,不让"旧党"有翻身的机会。大概哲宗皇帝嘴上讲"绍述",其实是以个人好恶来对待"元祐大臣"的。他曾说过,当时的大臣们都只向太皇太后奏事,把皇帝晾在一边,令"朕只见臀背",只有一个叫苏颂的,总会转头再向皇帝打声招呼,比较"有礼"。所以,他曾明确表示对苏颂有好感,与"只见臀背"的那些人要区别开来。对吕大防,可能也是这种情况。但这样以个人印象来区别对待"元祐党人"的做法,当然会遭到章惇、蔡卞等力主"国是"的"新党"大臣的反对,他们坚持路线斗争要大于皇帝的个人感情,故绍圣四年的再贬之举,乃是"国是"论者的强硬态度的胜利。这当然与章惇、苏轼的个人感情无关。

然而,南宋的陆游却又在这次再贬之举中看出奇异之点,他说,苏轼字子瞻,贬儋州;苏辙字子由,贬雷州;刘挚字莘老,贬新州,"皆戏取其字之偏旁也"(《老学庵笔记》卷四)。看起来,这确实有恶作剧的嫌疑。总之,这次再贬,可以说具有将"元祐党人"置之死地的目的,比较重要的大臣都贬过了岭南,而本来已在岭南的苏轼就只好出海了。

所幸的是,这一次再贬,倒也给了苏氏兄弟最后一次会面的机会。当苏轼行至梧州(今属广西)时,听当地父老说苏辙刚刚路过,他急忙追去,五月十一日,终于在藤州(今广西藤县)赶上了苏辙。于是兄弟同行到达雷州,此时的苏轼正为痔疮所苦,苏辙就劝他戒酒。至六月十一日便相与告别,苏轼渡过琼州海峡,远赴海南岛,于七月二日抵达贬所。这一次兄弟会聚正好一个月,此后竟至死不能再见。

不少史料记载,宋代的开国皇帝赵匡胤曾经留下一条祖训,就是不杀士大夫。所以,为人臣者得"罪"至大,亦不过远贬,而到了海南岛,则远无可远,无以复加,用苏轼自己的话说,就是"年来万事足,所欠惟一死"(《赠郑清叟秀才》)了。在"元祐大臣"中,苏轼是受处罚最重的一个。不过,前代的一流诗人,有哪个到过海南岛呢?若从诗人的游历来看,这也不妨称作一番奇遇了。刚登上海南岛的苏轼,便在琼州(今海口)至儋州的路上遇见一阵"清风急雨",于是作诗云:

> 四州环一岛,百洞蟠其中。我行西北隅,如度月半弓。登高望中原,但见积水空。此生当安归?四顾真途穷!眇观大瀛海,坐咏谈天翁。茫茫太仓中,一米谁雌雄。幽怀忽破散,永啸来天风。千山动鳞甲,万谷酣笙钟。安知非群仙,钧天宴未终。喜我归有期,举酒属青童。急雨岂无意,催诗走群龙。梦云忽变色,笑电亦改

容。应怪东坡老,颜衰语徒工。久矣此妙声,不闻蓬莱宫。(《行琼儋间,肩舆坐睡,梦中得句云"千山动鳞甲,万谷酣笙钟",觉而遇清风急雨,戏作此数句》)

前半部分写苏轼飘落海外的境遇和感受。依北宋的政区划分,海南岛上有琼州、崖州、儋州和万安州四州,围绕着岛中央洞穴盘结的五指山,苏轼自琼州登岛,先向西,再折向南,奔赴儋州,正好经过了岛屿的西北部,走了一条弧线。因为隔着大海望不到中原,四顾途穷,恐怕回归无望,所以只好用战国时的"谈天翁"邹衍关于"大九州""大瀛海"的说法来排遣心情。按邹衍之说,中国虽由九州组成,但大地上像中国这样大的地方还有八个,合称"大九州",每一州都有一小海环绕,与别的州隔绝,而在这"大九州"之外,还有"大瀛海"环绕,那才是天地相接之处。如此说来,中国(中原)也只是海水环绕的陆地之一,也就是面积较大的岛屿而已,跟海南岛的情形没有根本的区别。虽然有大小之分,但对于整个宇宙来说,都只像太仓中的一粒米而已,谁还去管这些米之间的大小呢?

从"幽怀忽破散"以下,转入描绘与想象。一阵天风吹来,山上的草木如鳞甲一般翻动起伏,山谷里回声顿起,像笙钟在酣畅地演奏。于是场面迅速改观,变得雄浑浩荡,而且一切都似乎活了起来,令诗人开始驰骋其丰富奇特的想象。他说,这是神仙们在天上饮酒,想起了昔日的同伴苏轼,谪落人间已久,算起来快到回归的日期了。所以他们派遣群龙前来,飞舞着兴风行雨,来催苏轼作诗。天上的云彩变化莫测,如梦一般,神仙们发出的笑声变成了闪电。苏轼于是洋洋自得,说神仙们看了诗后怕要觉得奇怪,我这衰弱的老头怎么还能写出如此精妙的诗句,自从"谪仙"下凡以来,仙宫里应该好久都没有听到这样好的诗句了。

海上的风涛奇幻怪谲,东坡的神思更是天马行空。海外一行给他提供了全新的感受,使他的心胸更为开阔,气象更为博大,创作艺术又迈进到新的境界,如天风海雨一般,令当年与他齐名的苏辙、黄庭坚等人都望洋兴叹。在中国诗歌史上,东坡过海后诗,是与杜甫夔州以后诗并称的最高艺术典范,标志着一种永远不可企及的炉火纯青的境界,真所谓"久矣此妙声,不闻蓬莱宫"。

海南的生活当然比惠州更加艰苦,苏轼给友人的信中说:"此间食无肉,病无药,居无室,出无友,冬无炭,夏无寒泉。然亦未易悉数,大率皆无耳。"(《与程秀才三首》之一)后人据他这段话,而将当地称为"六无"之地。他到儋州(昌化军)后,先住在官舍里,但次年元符元年(1098),朝廷派人按察岭外,将他逐出了官舍。之前,苏辙也因在雷州被地方官礼遇,而被移至循州(今广东惠州东)安置。这样,兄弟间隔海通信的便利也被剥夺,对于苏轼的打击之大是不言而喻的。

但苏轼马上就在海南的黎族人民中间找到了新的友谊,他贬居越久,对淳朴的乡人间流淌着的深厚情味就体会越深。黎族学生帮他在城南的桄榔林下筑起土房,而他自己也戴了黎族

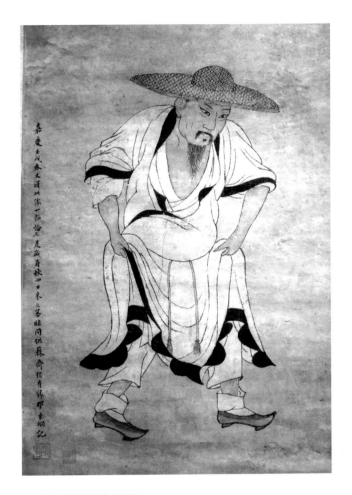

朱之蕃《东坡笠屐图》(局部)

的藤帽,着上花缦,赤着双脚渡水穿林,觉得自己本来就是一个黎民。他吃着苏过用山芋做的"玉糁羹",听着邻家孩子的诵书声,虽不精通棋艺,却爱坐在一旁看别人下棋,看一天都不觉得厌倦。虽曾答应过苏辙的戒酒劝告,但不久他又喝起来了,并且自酿"天门冬"酒,漉酒的时候竟一边漉一边品尝,结果大醉一场。苏辙虽离开了雷州,但天意凑巧,却把东坡最为关心的秦观再贬到了雷州,得以复通音信。这也算得不幸中之大幸了。更令人感怀的是,当时还有一些读书人不喜"新学",而不远万里奔赴海岛来向他请教学问文章。他的眉山老乡巢谷,以七十三岁高龄,徒步自眉山远访苏氏兄弟,先见苏辙于循州,又欲访苏轼于海南,不幸病死于半途。这些都是令东坡深为感动的。

出现在东坡诗中的黎族朋友,至少有黎子云、黎威、黎徽、黎先觉四人,有一次,他乘着酒兴,一下子遍访这"四黎"之家:

> 半醒半醉问诸黎,竹刺藤梢步步迷。但寻牛矢觅归路,家在牛栏西复西。(《被酒独行,遍至子云、威、徽、先觉四黎之舍》)

此诗作于元符二年(1099),即东坡到海南的第三年。随遇而安的人生态度,使他与"诸黎"早已打成一片,一家一家地随便走访。访友归来,循着地上的牛粪去找牛栏,因为记得自己的家是在牛栏的西面。

"随遇而安"是个常用的成语,但真正能做到的人并不多。对于宋代士大夫而言,宦游也好,贬谪也好,总要不断迁徙,在一个地方长住的可能性并不大,所以,贬谪中的士大夫也经常赁屋而居,随时准备离开。但苏轼则不同,在黄州、在惠州、在儋州,他都要建造自己的房子,都准备终老于此。他的经济生活并不太好,有时候要靠苏辙接济,他也并非不怀着北归的希望,但每到一个地方总是竭尽财力造房安家,做着长住的打算,真正可谓四海为家,随遇而安。在他的诗词里,"万里家在岷峨"(《满庭芳》),是他出生的四川老家;"家在江南黄叶村"(《书李世南所画秋景》),是他买田置产的宜兴之家;而这"家在牛栏西复西",则是他在天涯海角的安身之家。他走到哪里,就把"家"带到哪里,于是山河大地处处有家,实现了他自己关于水的一种比喻:"如水之在地中,无所往而不在也。"(《潮州韩文公庙碑》)

东坡在海南岛贬居整整三年。这三年里,他除了写作诗歌和不少小品题跋外,还对自己一生的学术思想做了总结,既修订了他在黄州所作的《易传》《论语说》,又以主要的精力完成《书传》。他还打算写作一部史学批评专著《志林》,却未能全部完成。他能在海南进行著述,颇得力于广东的朋友郑嘉会(字靖老)借给他的千余卷书籍,通过海舶运到儋州。至于他著书的目的,则自云"稍欲惩荆舒"(《和陶赠羊长史并引》)。这"荆舒"二字出自《诗经·閟宫》,原指蛮夷之邦,但由于王安石初封舒国公,后改封荆国公,所以苏轼此语显然是针对王安石而发。

自绍圣以来，新党树王安石为偶像，以"新学"为儒学的标准解释，树为"国是"，来钳制天下的学术，也使"新学"本身成为教条。在此环境下，东坡奋力著述以"惩荆舒"，其用心在于反对绍圣诸臣借"新学"独断学术，以捍卫学术思想的自由、独立原则。

号称"绍述"父志的宋哲宗，其实不了解他的父亲。神宗虽也惩罚官员，那只是为了实施政策，并不是真正与那些官员为敌，所以事情过去以后，仍可获得谅解。哲宗的情况很特别，他寡言少语，经常熟思良久，却冒出一句任性的话。这个不满二十五岁就去世的皇帝，表现出许多早熟的特征，却并没有真正心智成熟。对于从小教导过他的那些老师，始终充满了怨恨，朝臣们甚至听到他愤愤地念着苏轼的名字。"新党"的宰相章惇，就利用了他这种难以理喻的对老师的仇恨心理，将"元祐党人"一半贬死在南疆瘴疠之地，另一半则在哲宗驾崩、章惇失势以后才获北归。宋哲宗和章惇的统治使岭海之间充满了逐臣，也使岭南地区拥有了那个时代最杰出的史学家范祖禹，诗、词、文三种文学体裁的顶尖高手苏轼、秦观、苏辙，以及政治家刘挚、梁焘、刘安世等一大批精英人物，创造了中国历史上最高水平的"贬谪文化"。岭南地区从来不曾，也再不可能拥有如此豪华的精英队伍，这使我们不能不把章惇看作对于岭南文化史贡献最大的一个人。海南岛是当时贬谪士人的极限，而在这天涯海角，食芋饮水，著书写诗以自乐的东坡居士，则为"贬谪文化"创造了一种最高的典范。

苏轼《致梦得秘校尺牍》,又名《渡海帖》

12. 走向生命的完成

章惇、蔡卞主持的绍圣、元符之政，以力主"国是"，严厉打击"元祐党人"为特征。这并不只为报复私憾，也为了政策的延续，使之不因皇帝的更换而改变。他们意识到宫闱的势力不可以忽视，所以，一度想利用哲宗皇帝仇视长辈的心理，废掉太皇太后高氏的名分，此虽未实现，但高氏做主给哲宗娶的孟皇后却被废去。在朝政方面，章、蔡也越来越表现出专断的倾向。然而，元符三年（1100）正月哲宗暴崩之际，在皇位继承人的问题上，企图控制局势的章惇还是与宫闱发生了冲突，并告失败。

原来，哲宗虽然是神宗的长子，却并非神宗正宫皇后向氏所生。这向氏虽无子，其正后的身份并不动摇，在哲宗朝也依然高居太后之位。哲宗没有儿子，势必要从他的弟弟中挑选继承人。为了有利于哲宗"绍述"政策的延续，章惇主张由哲宗的母弟，即其生母朱太妃的另一个儿子来继承。但这势必令朱太妃的地位威胁到向太后，所以向太后坚持认为，朱太妃的儿子与神宗其他的儿子没有身份上的区别，应该按照年龄的顺序，由端王赵佶来继承皇位。赵佶的生母已经去世，他显然是向太后眼里的最佳人选，但章惇认为他是个"浪子"，明确反对。此时"新党"中比较温和的一派首领曾布支持了向太后，导致章惇失败。赵佶顺利继位，就是著名的"浪子"皇帝宋徽宗，然后马上在全国范围内发起一场批判章惇的政治运动。为了打击章惇所领导的政治力量，被章惇迫害的元祐"旧党"便渐获起用，政局于是又一次发生逆转，再次"更化"的声浪也逐渐涌动起来。

而在这个时候，如果真要再次"更化"，则具有当年司马光的地位和影响，适合主持其事的人，不是苏轼，就是苏辙。

静如处子的苏辙表现出他动如脱兔的一面，此年二月朝廷将他从循州（今广东龙川）移置永州（今属湖南），他马上动身北上，四月又移置岳州（今湖南岳阳），他接到命令时已经身在虔州（今江西赣州），到十一月，更许他任便居住，于是他在年底之前便到达开封附近的颍昌府（今河南许昌）。其行动如此迅速，当然是要寻机归朝。相比之下，苏轼却没有那么急迫，二月份诏移廉州（今广西合浦）安置，四月份又移永州居住，而他六月份才离开海南岛。十一月朝廷许其任便居住，他接到命令时尚在广东境内的英州（今广东英德），直到此年的年底，他还没有越过南岭。兄弟二人北归的迟速不同，也许反映出他们对于政治局势的不同判断，或者对于重新卷入党争的不同态度。但这竟使他们失去再次见面的机会。

一般情况下，新皇帝继位的第二年才会改变年号，徽宗也不例外，而这一次所改的年号与政策倾向密切相关，曰"建中靖国"，意思是要在新、旧二党之间取一条中间路线，以图结束党争，安定国家局面。这是在章惇被向太后和徽宗排斥的情况下，曾布乘机掌握了相权的结果。曾布是古文家曾巩的弟弟，早年跟随王安石搞"新法"，但在"新党"内部长期与章惇不和，为了收买人心，巩固权位，此时便力主中间路线，而得到徽宗的信任。为了保证这中间路线的实施，在新旧两党人物被兼收并蓄的同时，两党中的"极端"人物也要被压制，新党立场鲜明的蔡京、蔡卞兄弟被放离京城，而苏轼、苏辙兄弟便被认作旧党立场最为鲜明的"极端"人物，并不在收用之列。因此，徽宗和曾布取得的共识是："左不可用轼、辙，右不可用京、卞。"也就是说，"建中靖国"的局面是以蔡氏兄弟与苏氏兄弟同时出局为代价的。这就使迅速北归的苏辙只能停留在距京城一步之遥的地方，不能再继续前进。

就在这建中靖国元年（1101）的正月，苏轼终于越过大庾岭，进入今江西境内。然后，经虔州（今赣州）、庐陵（今吉安），从赣水过鄱阳湖而入长江。他在江西的时候，碰上了司马光的忠实弟子，元祐党争中最强悍的政敌刘安世，此时也从岭南获释北归。苏轼邀请他说："附近的山里有一位玉版禅师，我们可去同参。"对禅宗也有兴趣的刘安世欣然同往，但苏轼却把他引入一片竹林，挖出新生的竹笋煮了吃。刘安世问玉版禅师在哪里，苏轼指着白皙的竹笋，说这就是玉版禅师，禅味极佳。二人放怀大笑，尽释前嫌。刘安世后来很长寿，其晚年的言行，被弟子记录为《元城语录》，其中对东坡的评价甚高。

舟入长江的苏轼，继续东行，至当涂、江宁府、仪真、金山等地，直至他终焉之地的常州。据说，他"初复中原日，人争拜马蹄"(释道潜《东坡先生挽词》)，引起人们极大的关注。当他舟行至常州时，"病暑，着小冠，披半臂，坐船中。夹运河岸，千万人随观之。东坡顾坐客曰：'莫看杀轼否？'其为人爱慕如此"(邵博《邵氏闻见后录》卷二十)。仿佛颇有一点当年司马光回京的声势，但他本人应该越来越清楚"建中"之政的内在含义，知道朝廷并不需要和欢迎他上京去"更化"。所以，越往北走，他的步伐就变得越滞重。他逐渐确定此行的终点在颍昌府，以便与苏辙会聚。

但时局的变化说明定居颍昌府还是奢望。在"建中"路线下被重新起用的"旧党"人物有着强烈的"邪正"观念，在他们看来，"新党"的人物都是"小人"，不可共事。他们一旦被起用，所表达的愿望就不仅仅是"建中"而已。这不但违背了曾布的意愿，也引起徽宗皇帝的反感，因为他虽然讨厌章惇，但以庶子入嗣大统的他绝不能落下任何不尊敬神宗的口实。于是"新党"臣僚再次酝酿起"绍述"之议，以迎合徽宗，使政局再度转向不利于"旧党"的方向。在此期间，据说蔡京对徽宗宠信的宦官童贯做了有效的工作，这可能也是局面转向"绍述"的原因之一。当苏轼获取了这些信息后，便只好放弃定居颍昌府的打算，因为那里离京城太近，容易招惹麻烦。

同时，苏轼的身体状况也不允许他再投入严酷的政治斗争了。六十六岁的年龄，在当时已算高寿，又从瘴疠之地的岭南返回，已身染瘴毒；一年来行走道途，以舟楫为家，生活极不

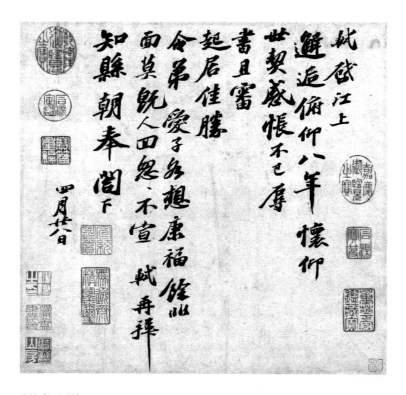

苏轼《江上帖》

安定；时值盛暑，河道熏污，秽气侵人——他终于病倒了。

自建中靖国元年六月一日在长江上喝了过多的冷水，半夜暴下（痢疾）起，他就处于与病魔搏斗的状态。他懂得医术，能自己开药方，吃了黄蓍粥，觉得稍为平复。但几天后到仪真，"瘴毒大作"，腹泻不止。从此又胃部闷胀，不思饮食，也不能平卧，只能端坐喂蚊子，病情增重。以后病况时增时减，到六月十五日舟赴常州，赁居于孙氏馆（即今常州市内延陵中路的"藤花旧馆"遗址，现建为东坡公园），便向朝廷上表要求"致仕"（即退休），做了退出政界的最后打算。此时，曾经残酷迫害"元祐党人"的章惇，反过来被贬谪雷州，他的儿子章援是苏轼元祐三年主持科举时录取的进士，据南宋笔记《云麓漫钞》所载，章援致书于苏轼，诉说了他们父子的困境，而苏轼"得书大喜"，马上复信，说自己与章惇交友四十年，虽因政见分歧而处境互异，但并不影响私交。他还抄写了一个养生的药方，赠送章氏。——这是苏轼一生中，从严重伤害过自己的政敌身上争取到的最后一份友谊。

转眼至七月，天虽大旱，但苏轼的病势却在立秋日（十二日）和十三日递减，实非吉象，而是回光返照。果然，至十五日病势转重，一夜之间发起高烧，齿间出血无数，到天亮才停止。他认为这是热毒，当以清凉药医治，于是用人参、茯苓、麦门冬三味煮浓汁饮下。但药物勿灵，气浸上逆，无法平卧。晋陵县令陆元光送来"懒版"，类似于今日的躺椅。七月二十八日，一代文宗就在这"懒版"上溘然长逝。

据清代林昌彝《射鹰楼诗话》卷七的说法，苏轼自病自诊，用药有误。他认为苏轼原本中有热毒，却因饮冷过度而受病，乃是"阳气为阴所包"，应以服"大顺散"为主，"而公乃服黄蓍粥，致邪气内郁，岂不误哉？……后乃牙龈出血，系前失调达之剂，暑邪内干胃腑，法宜甘露饮、犀角地黄汤主之，乃又服麦门冬饮子，及人参、茯苓、麦冬三味，药不对病，以致伤生，窃为坡公惜之"。其说可备参考。也许，苏轼用药有误是加速死亡之一因吧。

不过，苏轼给自己开出药方的同时，也是做好了走向生命完成之准备的，在此时与友人往来的许多书简中，我们可以不止一次地看到他清醒地直面着生死大事。到弥留之际，除了因不能与苏辙面辞而感到痛苦外，其他一无牵挂。后来苏辙在《亡兄子瞻端明墓志铭》里记述其临终情状云："未终旬日，独以诸子侍侧，曰：'吾生无恶，死必不坠，慎无哭泣以怛化。'问以后事，不答，湛然而逝。"面对死亡，他平静地回顾自己的一生，光明磊落，无怨无悔，自信死亡也不会令他坠落黑暗之中，所以告诫家人不必哭泣，以免生命化去之际徒受惊扰。他只愿以最平淡安详的方式无牵无挂地告别人世。当时黄庭坚也听常州来人相告后说："东坡病亟时，索沐浴，改朝衣，谈笑而化，其胸中固无憾矣。"（《与王庠周彦书》）他对生命意义的透辟理解，他对人类自身终极关怀的深刻领悟，消融了濒死的痛苦和对死亡的恐惧。"湛然而逝""谈笑而化"，他的确毫无遗憾地走向自己人生旅途的终点。

苏轼面对死亡的这种心态，我们从他留下的最后作品，即其绝笔诗《答径山琳长老》中也可看到。"琳长老"是云门宗禅僧径山维琳，苏轼在杭州的时候聘他做了径山寺的住持，此时听说苏轼在常州病危，便于七月二十三日赶来相访。夜凉时分，二人对榻倾谈。维琳已经了解东坡的病情，他是专程为东坡居士的生死大事而来的（按当时的习惯，临死的人身边不能缺少一个宗教徒的）。二十五日，苏轼手书一纸给维琳云："某岭海万里不死，而归宿田里，遂有不起之忧，岂非命也夫！然死生亦细故尔，无足道者。"（《与径山维琳二首》之二）已觉大限将至，而心态平和。二十六日，维琳以偈语问疾，东坡也次韵作答，就是《答径山琳长老》：

    与君皆丙子，各已三万日。一日一千偈，电往那容诘。大患缘有身，无身则无疾。平生笑罗什，神咒真浪出。

苏轼清楚地记得维琳与他同龄，都是丙子年（宋仁宗景祐三年）所生。他先粗略地计算了一下他们生命的长度，三万日不为不多，如果每天诵读一千首偈语，则积累的佛学修养已经甚深，但此时回顾，则如闪电一般，迅疾而去了。对此无奈之事，东坡表现得甚为平静。五、六两句才是正式回答"问疾"的。疾病就是人身的机体出了问题，所以要追查这人身的来历。人身本来就是自然的一部分，由自然的各种元素构成，其本质与自然无异,原不该与自然产生各种矛盾,当然也无所谓疾病。但这些元素一旦汇合为一个人身,这个人身却产生了意志、欲望,把自己从自然中分离出去,通过种种方式来破坏和占有自然物,并且幻想长久拥有这身体,从而,不但与自然产生矛盾,与同类也产生矛盾,患得患失,而不可避免地遭受疾病。故关键在于"有身",即因此身存在的自我意识而引起的种种满足自身的欲望。只有消去人身上这些与自然不符合的东西,才能根本地解脱疾病,而回归生命与自然的本来和谐。就如《老子》所言:"吾所以有大患者,为吾有身。及吾无身,吾有何患?"

结尾"平生笑罗什"两句,维琳看了后觉得难以理解,苏轼索笔一挥而就:"昔鸠摩罗什病亟,出西域神咒,三番令弟子诵以免难,不及事而终。"这鸠摩罗什是印度僧人,十六国时来到中国,传播大乘佛教,临终时令弟子们朗诵神咒,想以此延续生命,但没有成功。苏轼的意思是,那位高僧真不该作此无益之举!这表示他认为用不自然的方法勉强延续生命是无益的。

据宋代傅藻的《东坡纪年录》、周煇的《清波杂志》等书记载,东坡七月二十八日去世之际,是"闻根先离",即听觉先失去的。当时,维琳对着他的耳朵大声喊:"端明宜勿忘西方!"大概维琳这位禅僧已经颇混同于净土宗的观念,故要在苏轼临死时提醒他及时想念西方极乐世界,以便他能够往生。不过东坡似乎更理解禅宗"无念"的本旨,喃喃回应道:"西方不无,但个里着力不得。"在旁的钱氏朋友说:"固先生平时践履至此,更须着力!"东坡又答道:"着力即差。"语毕而逝。既然像鸠摩罗什那样以不自然的方法来延续生命是徒劳的,那么致力于往生的想念,不自然的"着力"也是徒劳的,东坡更愿意以了无挂碍的心态乘风化去。

苏轼去世以后,所谓"建中"之政也在当年结束,次年改元"崇宁",即尊崇熙宁之政,"新党"大获全胜,蔡京入朝,将"元祐党人"的名单刻石颁布,曰"元祐奸党碑",苏轼列名于显要的位置,其文集、著作皆遭禁毁。而此时的苏轼,已安眠于汝州郏城县小峨眉山,这是苏辙遵其兄长的遗嘱主持安葬的。十余年夜雨萧瑟之后,苏辙亦安葬于此地,兄弟终于团聚。

二 作品赏析

一个富有才华的人应该得到的尊重，如果在人间失去，那就一定会由老天来补偿。所以，苏轼越是颠沛流离，人们便越相信他是『谪仙』。

江城子·密州出猎

老夫聊发少年狂[1]。左牵黄[2],右擎苍[3]。锦帽貂裘[4],千骑卷平冈[5]。为报倾城随太守[6],亲射虎,看孙郎[7]。　　酒酣胸胆尚开张[8]。鬓微霜,又何妨!持节云中,何日遣冯唐[9]?会挽雕弓如满月[10],西北望,射天狼[11]。

【注释】

[1] 老夫:苏轼自指,实际上写作此词的熙宁八年(1075),作者年仅四十,任密州知州。聊:暂且。少年:年轻人。

[2] 黄:黄狗,猎犬。

[3] 苍:苍鹰,猎鹰。古人常以黄犬、苍鹰为打猎的必需装备,相传秦朝李斯临刑的时候,就说:"思牵黄犬,臂苍鹰,出上蔡东门,不可得矣。"

[4] 锦帽貂裘:锦蒙帽,貂鼠裘。原为汉代羽林军装束,此指苏轼的随从。

[5] 骑:一人一马为一骑。千骑形容随从之多,也暗示苏轼的知州身份。

[6] 报:报答。倾城:全城人。太守:知州的习称,指苏轼自己。一州之长,汉代称"太守",唐代称"刺史",宋代则以京官衔"知某州事",简称"知州",但习惯上也常用前代的称呼。

[7] 孙郎:孙权。据载,孙权年轻时曾亲自骑马射虎。这三句说,为了报答全城人跟随我的盛情,就让你们看我像孙权那样亲自射虎吧。

[8] 酣：喝酒到酣畅的境界。尚：更加。开张：开阔豪壮。

[9] 节：符节，古时使者所持的信物。云中：古郡名，治所在今内蒙古托克托东北。冯唐：汉文帝时人。据载，魏尚担任云中太守，抵御匈奴，颇有战功，但因报功时略有误差，被汉文帝贬官削爵。后来，文帝听从冯唐的劝谏，并派冯唐持节到云中郡去赦免魏尚，官复原职。苏轼的意思是以魏尚自比，希望朝廷能派冯唐那样的使者来，委予重任。

[10] 会：应当是。挽：拉。雕弓：有雕饰的弓。如满月：形容自己臂力很大，能把弓拉开，使之如满月般圆。

[11] 天狼：星座名。按中国的星占传统，这个星座象征侵掠，所以这里可理解为兼指与北宋有边关争端的外国，即西夏和辽，但北宋士大夫一般不敢打辽的主意，而此时的宋神宗也正在策划向西夏用兵，故主要指西夏。

【赏析】

这一首写于密州的《江城子》词，颇具历史意义，被视为"豪放派词"的开山之作。同时，作者苏轼也被视为宋词"豪放派"的开山之祖。

与"豪放派"对举的是"婉约派"，从字面上看，似乎仅仅是风格上阳刚、阴柔的区别，但若联系到词的发展历史，则不只是一个风格的问题，甚至可以说，主要不是风格问题。中国自魏晋以来，就有专门为已经存在的歌曲配写新词的诗歌创作，叫作"乐府诗"（更早的"乐府诗"当然是乐曲和歌词一起诞生的原唱，传统上将原生的歌词称为"古词"），所配的曲子当然随时代而有差异，但大抵是产生于中国的乐曲。到了北朝、隋唐时期，从印度、西域传来新的音乐，被中国管理音乐的机构称为"燕（宴）乐"，而所谓词，就是配"燕乐"的歌词，与从前"乐府诗"所配的音乐系统不同。另一方面，"乐府诗"的作者只管写诗，到配曲时，乐工要把这首诗做些剪裁，才能合乎乐曲的节拍，而词的创作方式又与此不同，这是作者主动按照乐曲的节拍去配上适当的词句，所以词的写作通常叫作"填词"，"填"出来的句子也长短不齐，形式上与诗有别。其实，"诗"这个字，原初的意思也是歌词，只不过当词产生的时候，诗早就拥有了稳定的五、七言形式。因此，词是一种新生的诗体，从这个角度讲，本来不应该存在确定的风格，就像诗一样，作者各人有各人的风格，从来没有"豪放诗派"和"婉约诗派"对举的说法。我们现在能够看到的唐代民间词作，是20世纪初从敦煌藏经洞出土的写卷《云谣集杂曲子》，从风格上看，也是多种多样的。只不过，宋人是看不到这个写卷的，他们大概只看到文人的词作。文人"填词"之风始于唐代中期，至晚唐、五代而愈趋流行，恰好这个时代的文人喜欢填"婉约"词，他们总是在歌筵酒席之间，填一首新词付歌姬去唱，内容当然是这些文人与歌姬之间的不必负责的"爱情"，而且多数是以歌唱者即女性的口吻写的，风格大抵"婉约"乃至绮靡。不过这并不妨碍一些感人的优秀作品的诞生，而且在五代时期的西蜀，还编出了一部影响深远的词集《花间集》。看不到敦煌写卷的宋人，就把这部《花间集》认作词的祖宗，如此一来，词竟是天生"婉约"的体裁了！在此背景下，"豪放"词的出现，除了风格上的创新外，更主要的意义就在于对词这种文学体裁的认识的改变。所以说，这不仅仅是个风格的问题，而且主要不是风格问题。

　　按一般的说法，苏轼是在杭州通判任上开始词的创作的，到了密州后则有意识地开启一种与《花间集》以来的传统词风迥异的风格，也就是所谓"豪放"词。熙宁八年冬天的一次打猎活动，使他有了这第一首豪放词名作。写完以后，他自己也颇为得意，给朋友写信说："数日前猎于郊外，所获颇多，作得一阕，令东州壮士抵掌顿足而歌之，吹笛击鼓以为节，颇壮观也。"并自谓："虽无柳七郎风味，亦自是一家。"（《与鲜于子骏》）柳七郎是苏轼以前北宋最有名的词人柳永，擅长以传统的柔婉风格表现男女情爱题材，而请妙龄的少女们歌唱。关于柳永与歌妓的密切关系，从他生前起就是既遭人非议也引人羡慕的话题，后来还出现了以名妓们"春风吊柳七"为题材的小说。可见，柳永的创作方式与《花间集》作者没有根本区别。当然，生在北宋太平时代，他也不免兼为一个企图通过科举而成为士大夫的书生，后来也当过小官，所以他的词中也含有士大夫自我表达的成分，只不过与词的传统题材、风格经常融合在一起，用古人的评语来说，叫作"将身世之感打并入艳情"，是他最受欣赏之处。与此相比，苏轼更进一步，将身世之感从艳情中摆脱出来，成为纯粹的士大夫自我表达。用当时的说法，叫"以诗为词"，用写诗的态度去写词，也就是把词当作一种特殊的诗体去写，而使词脱离《花间集》以来的传统，成为士大夫的文学。就此而言，他改变的不仅仅是风格而已，重要的是他改变了对词这种文学体裁的认识，是一种观念上的根本变化：词从歌姬的唱词变成了士大夫的抒情诗。所以，他有意强调自己跟"柳七郎风味"不同，而且也知道他的作品不再适于歌姬演唱，于是他改变了演唱方式，让"东州壮士"伴随简单的舞蹈动作来歌唱。从他特意说明"吹笛击鼓以为节"来看，显然他选择的乐器也与通常有别。我们现在不清楚《江城子》曲调原来习用什么乐器，就唐代"燕乐"的一般情况而言，用琵琶比较多些。

与观念上的改变相伴随的，当然也有风格上的创新和题材上的开拓。狩猎的题材用以吟诗作赋是常见不鲜的，但用以填词，却很可能是第一次，而与这一题材相应的风格，即便不是雄壮豪放，至少也无法"婉约"。值得一提的是，作者并不是简单参与狩猎而已，他是作为地方长官，亲自组织和指挥了这次狩猎活动，上阕一开头就突出了他的豪迈意气，自称"老夫"之"狂"不减"少年"，继而写严整的装备，包括猎犬、猎鹰和军人装束的随从，接下去是开阔的狩猎场面，他不但率领"千骑"将"平岗"团团围住，而且让全城老少都来观看，还亲自表现一番，弯弓去射猛虎。与狩猎活动的传统相一致，这里也包含了浓重的仪式性的意味。目的不是去弄点猎物来下酒，而是与今天召开体育运动会的情况相似。那么，事后的作词、演唱，便也是这次活动的继续，仿佛运动会的闭幕式。无论如何，从头到尾都出自这位太守词人的精心策划、组织、指挥。我们可以看到，这"聊发少年狂"的"老夫"已兼有多重领军人物的身份：作为密州知州，他是当地军民的长官，在狩猎活动中，他是总指挥，而填出一首《江城子·密州出猎》的他，又成为"豪放词派"的开创者。毫无疑问，苏轼以他的行为和作品塑造的这个自我形象，就是千年以来主宰中国社会的精英——士大夫的形象，而他的"豪放词"，自然便是士大夫的自我表达。

士大夫的自我表达，在下阕中呈现得更为明确而复杂。喝酒壮胆，是表达他的激情，这种激情冲淡了对于岁月流逝、两鬓微霜的忧虑。不过，毕竟岁月流逝而壮志难酬，什么时候皇帝会派一个使者来给自己委以重任呢？这一层意思似乎不宜直说，所以苏轼采取用典的方式来曲折地表达。不过，典故也只是勉强地表达出希望被重用的意思，其实苏轼的处境跟汉代的魏尚并不相同。魏尚起初被贬，是因为皇帝不了解情况，未认识其才能，一旦得到冯唐的说明，就会立即起用之。苏轼则不然，宋神宗对他的情况并非缺乏了解，相反，对他的才能是有足够认识的，不加重用的真正原因，在于政见不同。换句话说，苏轼之所以不得志，根本是因为他自己反对"新法"，怨不得皇帝的。对此，苏轼本人肯定心中有数，所以最后也是非常勉强地把自己和皇帝捉置在一条战线上：面对外国，他们总是一致的。虽然从历史上的边关英雄写到自己立功边疆的志向，似乎顺理成章，但后来的事实表明，苏轼其实并不赞成向西夏用兵。我们了解苏轼的生平和政见后，就会感觉这首词的下阕表达得十分复杂，不像字面意思那样简单。如果君臣之间只有在面对外国时才能勉强寻求到一致的立场，那么这位士大夫的苦闷几乎就是无法消释的，更何况这对外作战的说法也是言不由衷的。实际上，苏轼根本没有与宋神宗合作的可能，他只好抱着一腔笼统抽象的报国激情，没有具体实践的途径。然而这抽象笼统的激情却又确实存在，无处释放，于是我们看到一个接近神话的形象：他把雕弓拉得如满月一般，向天上的星座射去。按中国的阅读传统，"射天狼"当然可以理解为对外作战，按当时的局势，甚至可以将外国落实为西夏，苏轼也肯定利用了这一层寓意。但是，文学作品中出现的形象是具有多义性的，箭射星座的形象更能凸显他报国无门的真实处境。无论如何，这个形象不是与歌姬厮混的风流才子，而是一个忧患深重的士大夫。

就这样，苏轼把词变成了士大夫的文学。

水调歌头·丙辰中秋，欢饮达旦，大醉，作此篇，兼怀子由[1]

明月几时有？把酒问青天[2]。不知天上宫阙[3]，今夕是何年？我欲乘风归去[4]，又恐琼楼玉宇[5]，高处不胜寒[6]。起舞弄清影[7]，何似在人间[8]！　转朱阁，低绮户，照无眠[9]。不应有恨，何事长向别时圆[10]！人有悲欢离合，月有阴晴圆缺，此事古难全。但愿人长久，千里共婵娟[11]。

【注释】

[1] 丙辰：熙宁九年（1076），时苏轼任密州知州。达旦：到天亮。子由：苏辙字。

[2] 把酒：端着酒杯。李白《把酒问月》："青天有月来几时，我今停杯一问之。"开篇两句用其语。相似的构思，则起源于屈原的《天问》。

[3] 宫阙：宫殿。阙是宫门前的望楼。

[4] 归去：返回天上。这种说法含有"我本来是天上仙人"的意思，也就是所谓"谪仙"，与唐代的李白一样，苏轼也从来就有"谪仙"之称。

[5] 琼楼玉宇：用美玉建成的楼阁、殿宇，指月宫、天宫。唐代段成式《酉阳杂俎》卷二载，有人想知道月中有什么，一个叫翟天师的道士作法，让他们看到月中有"琼楼金阙"。道教典籍中有"天帝之玉宇"

的说法（《云笈七签》卷八）。
- [6] 不胜：禁受不住。
- [7] 弄：戏弄。此句谓天上的人只能与自己的影子互相娱乐，形容清寂孤独。
- [8] 何似：哪像。意谓不如。
- [9] 此三句写月光，转移到红色的楼阁上，低射进雕花的门窗，照着不眠之人。
- [10] 这两句说，月亮应该没有离愁别恨这种人类的感情，可是为什么偏偏在人们离别的日子里呈现那象征着团圆的圆形，来刺激人们的离恨？据司马光《温公续诗话》记载，北宋诗人石延年（994—1041）曾用"月如无恨月长圆"来对唐代李贺的名句"天若有情天亦老"。
- [11] 婵娟：原指美女，此比喻美丽的月色。唐代许浑《怀江南同志》诗云："唯应洞庭月，万里共婵娟。"与苏轼之语相似。分离在各处的人享受着相同的月色，是历代诗词中极常见的表达。

【赏析】

　　月亮可能是中国诗人最好的伴侣，特别是中秋之月，更是诗人们喜欢吟咏的题材。但自苏轼此词问世后，其他的作品全都黯然失色了。还在苏轼去世不久的时候，评论家胡仔就已断言："中秋词，自东坡《水调歌头》一出，馀词尽废。"（《苕溪渔隐丛话》后集卷三十九）

　　赏析此词有一个前提，就是须了解中国传统关于"谪仙"的说法。仙人本来在天上（或在海中仙山），不知因为什么缘故，而被谪居人间。这样的人当然与凡人有所不同,如果是女性,应该特别美貌,是男性的话就才华横溢,而无论是男是女,气质上都超尘脱俗,多少留着些仙人的气息。这当然是令人向往不已的,但是另一方面,他们既是"谪仙",那就多少具有跟世俗不合的倾向,在这个世界显得另类,可能被向往而不易被认同,所以大抵不可能生活得幸福安宁。古籍中比较早的"谪仙"字样在《南齐书·高逸传》中,说南朝永明年间的会稽郡有一个姓蔡的人,住在山里,养了数十头老鼠,都听他的指挥,可以呼来唤去,而此人"言语狂易,时谓之'谪仙'"。唐代李白《玉壶吟》有句:"世人不识东方朔,大隐金门是谪仙。"这东方朔在汉代是以"滑稽"闻名的,与"言语狂易"的蔡氏养鼠人一样,都很另类,所谓"世人不识",就是不容易获得认同。当然最有名的"谪仙"是李白本人,他一到长安,就被贺知章称为"谪仙人也"。那是指他的天才,绝非凡人所能有。从此,这个称号几乎就专归了李白,直到苏轼出世,人们才意识到:又一个"谪仙"来了。我们的祖先就是以这样特有的方式,来表达他们对天才的尊重。

至于苏轼自己,肯定也接受这样的说法,他在不少作品中暗示或明说自己是"谪仙",就像这首《水调歌头》,一开头就以"谪仙"的口吻,向他原来的居所"青天"提问,想知道如今的天上是什么岁月,仿佛一个离家的游子询问家乡的消息。"我欲乘风归去",这"归"之一字就非"谪仙"不能有,而"乘风归去"的飘然洒脱,也符合人们对于"谪仙"的一般想法:

他总有一天会厌离人间,回到天上去。因为他在人间是另类,遭遇不会很如意,他的宿命是"归去",这不单是一种绝妙的解脱,也是对使他不如意者的轻蔑和嘲弄:就让你们枉自折腾去吧,他将飘然归去,你们伤害不到。

一个富有才华的人应该得到的尊重,如果在人间失去,那就一定会由老天来补偿。所以,苏轼越是颠沛流离,人们便越相信他是"谪仙"。后来他被贬谪黄州,世间便产生了他白日仙去的传闻,这传闻令神宗皇帝也深深为之叹息。毕竟,他知道苏轼是天才,这样的天才世间不常有,而居然出现在自己领导的时代,无论如何应该珍惜的。据宋代有些笔记说,在关于李白、苏轼比较优劣的话题上,神宗曾提出很中肯的见解:苏轼的才华只有李白可比,但李白却没有苏轼的学识。这说明,他深知苏轼的不凡,所以担心苏轼真的会白日仙去。这样的传闻在苏轼身后也被多次"证实",宋徽宗把苏轼列入"元祐奸党",禁毁苏轼的作品,但他所迷信的一位道士,却自称神游天宫,跟某一位神仙对话良久,而这位神仙就是"本朝苏轼也"。这道士不会不知道宋徽宗的政策,但他更明白,自己装神弄鬼要博得别人相信,最好搬出苏轼来,因为大家早就知道苏轼"乘风归去",一定是在天上做神仙。

可是,苏轼的词意却从这里开始转折,他对"归去"的意义产生了怀疑。天上虽有琼楼玉宇,似乎令人向往,但毫无人间烟火,那也就是一片凄清寒冷,若"归去"那里,恐怕也只成个顾影自怜的寂寞仙子。所以他得出的结论是:还不如留在人间。对于这一点，宋人也有传说云，神宗皇帝读到了这一句，大为放心道："苏轼终是爱君。"他把不愿"乘风归去"、愿意留在人间的苏轼，理解为留恋君主。这当然也不完全是自作多情，因为类似的表达法，在诗歌史上也是蔚为传统的，如谢灵运《临川被收》云："本自江海人，忠义感君子。"杜甫《自京赴奉先县咏怀五百字》云："非无江海志，潇洒送日月。生逢尧舜君，不忍便永诀。"意谓自己本来可以潇洒江海、逍遥世外，只因为留恋君主，才决心投入政治，做个忠义的人。苏轼自己在另一首《满庭芳》词中也说："老去君恩未报，空回首，弹铗悲歌。"虽然说的是"老去"而不是"仙去"，但"爱君"的意思还是很明确的，清代的评论家刘熙载还专门把这几句跟"我欲乘风归去"等句对比，说不如后者写得含蓄。看来，他对《水调歌头》词意的理解，与传说中的宋神宗的看法相近。

不过，苏轼说的明明是"人间"，这"人间"当然不是只有君主一人。他用"人间"跟"天上"对比，说明"人间"的范围很大。词是因想念苏辙而作的，关于"天上""人间"的这番思量和讨论，首先是用来安慰苏辙：这人间的生活虽然不尽如人意，但天上也并非完美，而且可能情况更糟，相比之下，不如留在人间。所以，"人间"的含义首先应就具体的人生境遇而言，就眼前兄弟相离、互相思念而不能见面的生活情状而言，如果可以由此联想到君臣关系，那么也可以进一步推广到所有人世生活。

下阕写月光的移转，写象征团圆的月亮照着无眠的离人，还是发挥题中"兼怀子由"之意,也接续着"人间"的话题。留在人间就会有分离,这就是不如意、不完美之一证,但是苏轼的词意到这里又发生一转:"人有悲欢离合,月有阴晴圆缺,此事古难全。"人世生活的本来状态就是不如意、不完美的,从来如此,也会永远如此。不但不该厌弃,正当细细品尝这人生原本的滋味。所以,"但愿人长久,千里共婵娟",他决心不去做那寂寞的神仙,情愿永远留在世间,跟弟弟共看明月,即便是在分离的两地一起看相同的明月。

　　这是一位不肯"归去"的"谪仙",他愿意永留人间,陪伴他的兄弟,陪伴君主,陪伴所有的世人。我们从这里听见了"谪仙"的心声,他是如此留恋人世,尽管有许多不平,尽管人世间有许多人给予他的只是打击和伤害,他依然爱着此人间,而为人世的生活唱出衷心的赞歌。

日喻[1]

生而眇者[2]不识日，问之有目者，或告之曰："日之状如铜盘。"扣盘而得其声，他日闻钟，以为日也。或告之曰："日之光如烛。"扪烛而得其形，他日揣籥[3]，以为日也。日之与钟、籥亦远矣，而眇者不知其异，以其未尝见而求之人也。道之难见也甚于日，而人之未达也，无以异于眇，达者告之，虽有巧譬善导，亦无以过于盘与烛也。自盘而之钟，自烛而之籥，转而相之，岂有既乎[4]？故世之言道者，或即其所见而名之，或莫之见而意之[5]，皆求道之过也。

然则道卒不可求欤？苏子曰：道可致而不可求。何谓致？孙武曰："善战者致人，不致于人。"[6]子夏曰："百工居肆以成其事，君子学以致其道。"[7]莫之求而自至，斯以为致也欤！

南方多没人[8]，日与水居也，七岁而能涉，十岁而能浮，十五而能没矣。夫没者岂苟然哉？必将有得于水之道者。日与水居，则十五而得其道；生不识水，则虽壮，见舟而畏之。故北方之勇者，问于没人，而求其所以没，以其言试之河，未有不溺者也。故凡不学而务求道，皆北方之学没者也。

昔者以声律取士[9]，士杂学而不志于道；今也以经术取士[10]，士知求道而不务学。渤海吴君彦律[11]，有志于学者也，方求举于礼部[12]，作《日喻》以告之。

【注释】

[1] 日喻：以日为喻。据苏轼后来在"乌台诗案"中被审讯时交代，本篇作于元丰元年（1078）十月十三日，当时他在徐州任知州。

[2] 眇者："眇"的字义为盲一目，但盲一目的人另一只眼是看得见的，苏轼本文的意思则指双目失明者。自宋代《邵氏闻见后录》卷十六起，就有关于苏轼用字错误的批评。

[3] 揣：摸索。龠：一种形状像笛子的管乐器。

[4] 转而相之：一个比喻接着一个比喻，辗转形容之。既：穷尽。

[5] 意：臆测。

[6] 孙武曰二句：引自《孙子·虚实篇》："凡先处战地而待敌者佚，后处战地而趋战者劳，故善战者致人，而不致于人。"致，让对方过来。

[7] 子夏曰二句：引自《论语·子张》。子夏：孔子弟子。百工：从事各类手工业者。肆：作坊。致：到达。子夏的意思是，君子通过"学"而到达"道"。苏轼理解为君子勤于"学"则"道"自至，表述上稍有差异，但大抵是掌握"道"的意思，苏轼强调的是，这样的掌握应该是自然而然的。

[8] 没人：能潜水，泛指水性好的人。

[9] 以声律取士：指隋唐以来的进士科考试，以诗赋为主，诗赋讲究平仄、用韵、对仗之类的声律规则，被录取者必须擅长于此，所以考生都重视写作技巧的学习，而忽略对儒家之道的根本意义的关怀。

[10] 以经术取士：指王安石变法后，进士科考试废除诗赋，改考"经义"和"策论"，这里主要指"经义"，就是以儒家经典中的一言半句为题，发挥经旨，写一篇论文。

[11] 渤海：应作"北海"，北宋京东路维州北海县。吴君彦律：吴琯（1054—1114），字彦律，故参知政事吴奎之子，祖籍维州北海，以门

荫入仕。苏轼知徐州时,他担任徐州监酒税。

[12] 求举于礼部:指参加尚书省礼部举行的进士"省试"。吴琯以门荫入仕,按宋代官制,升迁极慢,所以他想考取"进士"出身,于元丰元年在徐州通过"解试",赴京去参加次年举行的"省试"。但他并未考上。

【赏析】

说道理的文章,应重视譬喻的运用,这是古今中外都一致的,但把譬喻从一种辅助手段提升到基本内容的,则首先是佛教徒,他们视譬喻为佛祖"说法"的一种类型,加以归总,所以专门有譬喻类的佛经,如《譬喻经》《杂譬喻经》《法句譬喻经》《大集譬喻王经》《百喻经》等等,将林林总总的譬喻汇集起来,多得不计其数。当然,对教义的总体来说,这样的譬喻也还是手段,但就写作的文本而言,它已经成了主干。在这篇《日喻》中,譬喻也是全文的基本内容,离开了譬喻就不成一篇文章。而且,说太阳像铜盘、像蜡烛,从而令瞎子把钟、籥误认为太阳,这一构思与佛经中"瞎子摸象"的譬喻颇为相似,熟悉佛经的苏轼肯定是受过启发的。实际上,佛经中那么多精彩的譬喻,也不可能由释迦牟尼一个人想出来,如"瞎子摸象",我们更愿意认为这是印度早就流传的民间故事。所以,它虽然被佛经取来说明佛学的道理,但本身蕴含的意义还要丰富得多,适用的范围更广,即使对佛教毫无兴趣的人,也是可以借鉴的。

《日喻》的写法基本上就是借鉴譬喻类佛经而来的。

至于苏轼用这个譬喻来说明的道理,则文中已经点明,就是"学"和"道"的关系问题。"学"是具体的个人通过钻研所得的体会、通过实践达到的把握,"道"是经典阐述的放之四海而皆准的抽象的真理。真理太抽象,无法直接表述,因为表述本身就是一种具体的言说,它只能传达出真理被一定程度具体化后的某一方面,如说太阳的形状像铜盘、光芒像蜡烛,本身并未说错,但这不能保证每个人都能正确接受,因为每个接受者也都是以自己个人的经验为基础去接受的,毫无视觉经验的盲人,只能以他的听觉、触觉经验为基础去接受,结果就弄错了。从这个角度说,对抽象真理的任何表述,都仿如譬喻,虽然人们都想追求真理,但绝不能把用来表述真理的某一句话本身就当作真理。

在别的文章中,苏轼还用过另一个譬喻来说明这个问题。有一种滋味叫"甜",吃过甜食的人都能体会到这一滋味,但如何向人介绍什么是"甜"呢?他只能说,甘蔗是甜的,蜂蜜是甜的,柚子是甜的,等等。严格说来,这几种食品的滋味并不完全相同,把各种具有细微区别的具体的甜味综合起来,才得出"甜"的概念。如果接受者自己不曾一一品味,只听别人介绍,实际上不能真实体会介绍者所说的"甜"。等他一一品味过了,自己领略了什么是"甜"后,若要介绍给别人,却也只好说:糖是甜的,橘子是甜的,杨梅是甜的,等等。这个譬喻,若推考其根本,也来源于佛经,苏轼在《胜相院经藏记》中加以发挥，据说还获得了王安石的称赞。后来苏轼还运用这一道理去分析艺术趣味的问题，这是题外的话了。

既然对真理的任何言说，都不能当作真理本身看待，那么怎样才能掌握真理呢？仅仅从别人的言说出发去刻意探求，显然达不到目的，而且很可能成为瞎子摸象、盲人识日那样的误解。所以苏轼提出："道可致而不可求。"通过引证古代经典，他把"致"字解释为"莫之求而自至"，即自然而然被人掌握的意思。为了说明这个见解，他又使用了一个譬喻。南方人的水性好，是因为那里有很多河流湖泊，他们"日与水居"，从小就熟悉水，所以自然而然地掌握了"水之道"，未必是从沉浮的原理、游泳的要领、潜水的方法等等知识性的言说开始学习的。当然，他们也可以总结出这些知识，传授给北方人，但仅靠这些知识并不能使北方人学会游泳和潜水。由此看来，苏轼所谓的"致"，就是在长期的切身实践（即苏轼讲的"学"）中积累了经验、体会后，自然而然地达到心领神会的境界。如果轻视这种经验、体会的积累，只依赖传授的知识去作理论性的探讨（所谓"不学而务求道"），那么正如西方流行的一句名言所说："没学会游泳前，千万不要下水。"那实际上永远不可能学会游泳。苏轼的譬喻与此很相似，所说的道理也不难理解。

问题在于，这番道理虽然说得精彩，但看起来不够全面。谁都知道，理论性的探讨并不是没有用的，轻视经验固然不对，却也没有必要为了强调经验而贬低理论。学会游泳可能不需要理论，倘要掌握较为复杂的事物，那便离不开知识总结、理论推求。由于全文过于依靠譬喻，而譬喻所说的，是积累日常经验就已足够的那种简单的学习，从中得出的道理当然不可以应用于复杂的领域。对于这一点，苏轼那样一个聪明人，应该完全明白的，实际上他本人也不可能轻视理论探求。那么，他在此文中强调"道"之"不可求"，断然否定"不学而务求道"，便有更深一层的用意。也就是说，文章的主旨另有所在，那便是文末简单提到的科举考试的问题。

从诗赋取士转变为经义取士，是王安石"变法"的重要内容。王氏把科举改革看作首要的举措，在执政后最先提出来，交付朝廷讨论，比许多财政上的"新法"都要早，只因此事涉及面广，过于复杂，所以实施起来才比较晚一些。按王氏的打算，要通过经义取士来造就"人才"，也就是真诚赞同和准确理解"新学""新法"的官员，这才能保障"新法"的正确实施。但早在熙宁二年（1069）五月刚开始讨论的时候，苏轼就奏上了《议学校贡举状》，明确加以反对，为诗赋取士辩护。此后王安石得到了陆佃（陆游祖父）、龚原、王雱（王安石子）等理解"新学"的官员相助，改变了太学乃至地方州学的教学课程，制定了几部经典的标准解释，以及学校教授的考核办法之类，使经义取士的设想得以稳步实施，到苏轼撰写《日喻》的元丰元年（1078），科举的新制度已显得相当完善了。但几乎随着这新制度的每一步进展，苏轼都要加以或明朗或含蓄的批判、讥刺，涉及此事的诗文积累了相当的数量，到"乌台诗案"中，就都被揪出来当作罪证，其中也包括这篇《日喻》。可见，当时人非常了解此文的实际含义。

在苏轼笔下,诗赋取士和经义取士被分别对应于"杂学"和"求道"。诗赋虽是文学创作,但用于科举考试的诗赋,多从经典古史中取题,应试者须记得这题目出自哪一部经典,对其含义以及涉及的典章制度等,也要心中有数,写作时除了平仄声律外,也讲求典故的使用等等,所以,应付诗赋考试所需要的不光是文学才华,对于经典含义、历史掌故之类,也须了解,当然还有文字音韵方面的学习和写作技巧上的锻炼,其造就的考生素养是多方面的,谓之"杂学"大抵符合事实。至于经义,就其本身而言,当然是关于经典含义的理论探求,这在当时是没有谁可以持否定看法的,因此苏轼的表述,也貌似对"杂学而不志于道""求道而不务学"各打八十大板,仿佛两者各有利弊。但若真的是各有利弊而已,苏轼又何必支持诗赋而否定经义取士呢?其实,按照前文所说,只要勤"学","道"将会"莫之求而自至",则"杂学而不志于道"便算不得真正的批评。真正被否定的是"求道而不务学",也就是经义取士。但这里也有逻辑上的漏洞:经义考试固然鼓励了对经典含义的理论探求,即"求道",却也并非就必然意味着"不务学"。如同前文为了强调经验而否定理论探求一样,这里为了否定"求道"而先预设"求道"者一定"不务学",都是破绽。而对于这类文章,我们找出它的破绽之处,就找到了真正的写作动机。——这是一种阅读方法。

一般地说,经义之文,作为对于经典含义的理论探求,要否定其本身是极为困难的,所以苏轼才会借用譬喻,兜着圈子、露着破绽去巧妙地讥刺一番。经义取士的真正弊端,在于以王安石一家的学说为标准,作独断的取舍。这才是令苏轼真正不满的地方,但这一层意思,要到元丰八年(1085)岁末苏轼重回朝廷之后,才对弟子张耒说出来:"文字之衰未有如今日者也,其源实出于王氏。王氏之文未必不善也,而患在于好使人同已。自孔子不能使人同,颜渊之仁、子路之勇,不能以相移,而王氏欲以其学同天下。地之美者同于生物,不同于所生。惟荒瘠斥卤之地,弥望皆黄茅白苇,此则王氏之同也。"(《答张文潜县丞书》)在他的眼里,王安石本人的文章是好的,但用王氏一家的学说统一天下,就把这天下变成了"荒瘠斥卤之地",大家写出来的无数经义,等于杂草丛生而已。他说这番话的时候,坚持"新法"的神宗皇帝已经驾崩,王安石退废江宁府,司马光入朝"更化",而苏轼本人也即将获得主持科举考试的权力,操持文柄,恢复诗赋取士。从此以后,诗赋取士和经义取士的对立将延续好多年,科举出身的官员们也分成了"诗赋进士"和"经义进士"两类,直到南宋犹是如此。

定风波

三月七日[1]，沙湖道中遇雨[2]，雨具先去[3]，同行皆狼狈，余独不觉。已而遂晴[4]，故作此词。

莫听穿林打叶声，何妨吟啸且徐行[5]。竹杖芒鞋轻胜马[6]，谁怕？一蓑烟雨任平生[7]。　料峭春风吹酒醒[8]，微冷，山头斜照却相迎[9]。回首向来萧瑟处[10]，归去，也无风雨也无晴。

【注释】

[1] 三月七日：元丰五年（1082）三月七日，时苏轼贬居黄州。
[2] 沙湖：在今湖北黄冈东南三十里。
[3] 此谓携带雨具的人先走了一步。
[4] 已而：过了一会儿。
[5] 穿林打叶声：谓穿过林子，打在树叶上的风雨声。何妨：不妨。吟啸：吟着诗词，吹着口哨，显示潇洒。徐行：慢慢走。
[6] 芒鞋：草鞋。轻胜马：比骑马还要轻松。
[7] 一蓑烟雨：一件蓑衣所能抵御的蒙蒙细雨。词序中云"雨具先去"，可见苏轼并未穿上蓑衣，这里的"蓑"是特殊的量词，谓蓑衣足以抵御的雨量。这句说，在风雨中行走乃是平生经惯，任其自然，有何可怕？

[8] 料峭：形容春风略带寒意。
[9] 此句谓雨后天晴。
[10] 向来：刚才。萧瑟：草木在风雨中摇曳之声，这里借指经历风雨。

【赏析】

读词的时候，在文本的最前头，我们看到的是诸如"定风波""江城子""水调歌头"之类的曲调名，表示该词是按此曲调去演唱的，也叫"词牌"，它不是词的题目。像前面选的《江城子·密州出猎》，这"密州出猎"才是题目。可是并不是所有的词都有题目，实际上唐五代以来，乃至宋初，流传下来的词大抵没有题目，词牌后面直接就是词的正文了。这表明填词的人只想为流行的曲调填一首新的歌词，没有要为这新歌词制作题目的意识。在很大程度上，这也表明他并不把所填的词视为自己的"作品"，他当场写了，付歌姬去唱，唱过就算了，不必保留，与对待诗文的态度很不相同。比如欧阳修曾填写很多新词，但他编辑自己的文集《居士集》时，就只收诗文，不收词。后来别人搜集他的词作，编成词集，那也只是按照曲调（词牌）来排列作品，而基本上都没有题目。即便是几乎没留下什么诗文，又自称"奉旨填词"的柳永，对自己的词作应该比较重视了，但现存他的《乐章集》，也只按曲调编排，没有词题。在这个方面，苏轼是颇具历史意义的，他是第一个有意识地制作词题的人。这个现象也不难理解，因为他既然从观念上把词当作一种文学体裁,一种士大夫自我表达的形式,则为自己的作品制作题目,就是顺理成章的事。

题目的有无不只是一个形式问题,它牵连到作品的内容。早期的诗歌如《古诗十九首》也没有确定的诗题,而与此相应的是,其抒情内容大致都是类型化的情感,比如恋人或夫妻间的爱情、丧失亲人的悲情、对于背叛者的愤恨、长久离别的痛苦等等,并未具体指实是哪一个人在哪一个时刻因哪一件事而发生的感想,读者不妨据相似的体验而将自己代入其中,基本上不必对作者加以关心。这个情形就好像今天听一首流行歌曲,如果歌词抒发了失恋的情怀,那并不意味着歌手或词作者正在经受失恋的痛苦。这也并不影响作品的艺术质量,实际上类型化情感的抒发往往感人至深。不过在历史上,这样的作品总是产生于早期,随着诗歌史的发展进程,抒情内容一步步走向具体化,"作者"的问题愈益凸显出来。比如杜甫的许多诗歌,就与他个人的身世密切交融,读者将不容易把自己代入其中,而必须对杜甫有相当的了解,才能读懂这些作品。与此相应的是,诗题也成为必不可少之物,乃至于李商隐的某些不愿明确表示其创作原委的诗歌,也要标出"无题"二字以为诗题。看上去"无题",实际上是有题的,与《古诗十九首》的真正无题状态,天差地别。然而,就在诗题已经必不可少之时,新兴的词却还处在相当于《古诗十九首》的阶段,也就是类型化的抒情内容与没有词题的阶段。当然,在词的发展史上,我们也将看到与诗一样的情形:抒情内容从类型化到具体化、个人化,题目从无到有。作为诗人、词人而又"以诗为词"的苏轼,正好承担了历史的使命,在这方面跨出了决定性的一步。

苏轼的词集叫《东坡乐府》,现存元代的刻本;还有南宋人的注释本,叫《注坡词》。考察其文本状态,在词牌与正文之间,大都有一段说明性的文字。有的比较短,如"密州出猎""赤壁怀古"之类,我们就把它当作题目,谓之词题;但有的比较长,如这一首《定风波》下"三月七日……故作此"一段,不太像题目,我们就把它当作序文,谓之词序,而苏轼的词序有的长达数百字;当然也有一些不长不短的,如前面选的《水调歌头》下"丙辰中秋,欢饮达旦,大醉,作此篇,兼怀子由"数句,看作词题或词序,似乎都可以。不过,无论词题也好,词序也罢,所起的作用是一样的,就是交代作词的原委,从而使抒情内容具体化、个人化。哪一个人在哪一个时刻因为哪一件事而发生的感想,在本词的词序中交代得极为清楚:贬居黄州的苏轼,在(元丰五年)三月七日,因为到城外冒雨行走,直到天晴,而有所感想。这等于明确地为作品打上了作者的烙印,不容别人"冒领"了。毫无疑问,苏轼已经跟他的老师欧阳修不同,他把词看作了自己的"作品",他有意识地在书写词的历史。

四十七岁的苏轼兴致勃勃地冒雨漫步,听着穿林打叶的雨声,他竹杖芒鞋,吟啸徐行,直到雨过天晴,才兴尽而归。——这是他着力刻画的自我形象,也是令文学爱好者非常着迷的东坡居士的形象。一方面,自我形象在词中的凸显,与词序所强

孙克弘《东坡先生笠屐图》

调的个人情景相适配,另一方面,以下要抒发的感想也是以这样的自我形象为基础的。冒雨而行,当然含有"人生经历风雨"的意蕴,这在苏轼的作品中是屡次出现的,即便不一定点破。

多年以前,在杭州的西湖之畔,他曾经遭遇过一场夏日的暴雨,那时候他在望湖楼上看那暴雨的猛烈,然后看风吹雨散,欣赏雨后初晴的景象(《六月二十七日望湖楼醉书五绝》之一,见本书《苏轼传》第三节)。在熙宁六年(1073),他也曾因"初晴后雨"而作诗,欣赏晴、雨两种各具佳趣的西湖胜景:

朝曦迎客艳重岗,晚雨留人入醉乡。此意自佳君不会,一杯当属水仙王。
水光潋滟晴方好,山色空蒙雨亦奇。若把西湖比西子,淡妆浓抹总相宜。(《饮湖上,初晴后雨二首》)

这两首七绝本来一气呵成,后一首传为千古名作,前一首便不大被人提起。但我们若要理解诗意,其实应该两首一起读的。正如题目中所说,作者想表达的是对于"初晴后雨"这种天气变化的感受和思考。在大好的晴天,兴致勃勃跑到西湖边去饮酒赏景,却不料下起雨来。或许很多人会觉得扫兴,而苏轼却说"此意自佳"。他想告诉人们:晴天固然不错,雨天也有可爱之处。就眼前的西湖来说,晴光照水和雨雾迷蒙各是一番胜景,比如美女或浓妆、或淡妆,都很可爱。所以,遇到变化不要惊慌,也不必感觉扫兴,因为另一种胜景正等着你去欣赏。

当然知音难遇，由于旁人大多惊慌失措，所以苏轼举起酒杯，只好敬给水仙王。这水仙王不知道是什么神仙，宋代西湖边有这样一个祠庙，但南宋人已经说不清此神的身份了。无论如何，苏轼对于下雨天气，似乎别有一番亲切之感。

子曰："诗可以兴。"从下雨而联想到人生经历，就是一种"兴"。"兴"是那种不必点破因而也就不落痕迹的比喻，是语义的最富有诗意的延伸。其实不是延伸，是跳荡活泼的灵感沟通作者和读者。苏轼的诗意绝不停留在对于晴和雨两种景致的欣赏，因为风雨乍起，是一种自然的变化，由此你可以读出一个诗人对于变化的心领神会，从自然的变化可以联想到社会的变化、人生遭遇的变化，如果你面对变化而懂得说"此意自佳"，那么你的境界正在提升。

而这一次，一曲《定风波》，境界还要继续提升。也许苏轼选择这个词牌也是有意的，因为"定风波"的字面意思似乎也与词意相关。现在他不是欣赏雨景而已，却是在贬地黄州城外，亲身走到雨中，去淋了一场暮春的细雨，而感觉"一蓑烟雨任平生"，他与雨更加亲切了，所以一点都没有忙乱，安之若素。果然，不久便有洒满山头的夕阳来迎接他归去。而在归去之时，他回首前尘，经历的风雨犹如梦幻，雨也罢，晴也罢，都随着时间飘然远去，于我心无所挂碍，"也无风雨也无晴"。

这才成了人间的绝唱：并不是因为熬过了风雨而骄傲，也不仅是对风雨安之若素，而是一笔勾销，并无风雨。比之当年的晴、雨两佳，这次更为明净透彻。不管外在的境遇如何变幻，都如云烟过眼，明净透彻的心灵不会被外物所困扰，因为无所计较，故而所向无敌。这不是一种虚无主义，而是明白宇宙与人生的真谛后，对身世利害的断然超越。如此才可以摆脱一切的牵绊，去实现自己的生存价值。否则任何纤芥细故都能扰乱心志，遍作计较，被环环相扣、重重无尽的世俗因果所捕获，心灵随波逐流，往而不复，必将遭受沉没，不可救药。

明白此理的东坡居士，就这样走在他的人生路上，这一天他穿过了风雨，迎来了斜阳，但在他的心中，其实无所谓风雨和斜阳，这才走得潇洒和坚定。所以，直到晚年贬居海南岛时，他还在《独觉》一诗中重复这两句："回首向来萧瑟处，也无风雨也无晴。"

后赤壁赋

是岁十月之望[1]，步自雪堂[2]，将归于临皋[3]。二客从予，过黄泥之坂[4]。霜露既降，木叶尽脱，人影在地，仰见明月。顾而乐之，行歌相答[5]。已而叹曰："有客无酒，有酒无肴；月白风清，如此良夜何？"客曰："今者薄暮，举网得鱼，巨口细鳞，状如松江之鲈[6]。顾安所得酒乎[7]？"归而谋诸妇[8]，妇曰："我有斗酒，藏之久矣，以待子不时之需[9]。"于是携酒与鱼，复游于赤壁之下。

【注释】

[1] 是岁：指元丰五年（1082），接着《前赤壁赋》而来。望：十五日。
[2] 雪堂：苏轼在黄州东坡建造的房舍，因在雪天落成，并四壁绘有雪景，故名为雪堂。
[3] 临皋：在黄冈市南，濒临长江，其上有快哉亭。建造雪堂之前，苏轼居住此处；雪堂建成后，他仍将家属安置于此，而自己往来于雪堂和临皋之间。
[4] 二客：其中有一位是道士杨世昌，就是《前赤壁赋》中吹洞箫的那位。黄泥之坂：黄泥坂，从雪堂到临皋路上的一段斜坡。苏轼有《黄泥坂词》。

二 作品赏析 159

乔仲常《后赤壁赋图卷》(局部)

[5] 行歌相答：边走边唱，互相酬答。
[6] 松江之鲈：吴淞江（流经今江苏省和上海市一带）盛产四腮鲈，长仅五六寸，是以味道鲜美著名的鱼种，早就受到大人物的关注，如《后汉书·左慈传》就记载曹操宴请宾客时，曾说："今日高会，珍馐略备，所少吴松江鲈鱼耳。"
[7] 顾：但是。安所：从什么地方。
[8] 谋诸妇：将这件事与妻子商量。这是苏轼的继室王闰之。
[9] 子：你。不时之需：随时的需要。

　　江流有声，断岸千尺[1]，山高月小，水落石出。曾日月之几何[2]，而江山不可复识矣。予乃摄衣而上[3]，履巉岩[4]，披蒙茸[5]，踞虎豹[6]，登虬龙[7]，攀栖鹘之危巢[8]，俯冯夷之幽宫[9]。盖二客不能从焉。划然长啸[10]，草木震动，山鸣谷应，风起水涌。予亦悄然而悲，肃然而恐，凛乎其不可久留也[11]。返而登舟，放乎中流[12]，听其所止而休焉[13]。

【注释】

[1] 断岸：陡峭的江岸。
[2] 曾：才，刚刚。几何：多少。此句谓，与上次来游玩赤壁，才隔了多少天。

二 作品赏析 161

乔仲常《后赤壁赋图卷》(局部)

[3] 摄衣而上：撩起衣裳，登上江岸。
[4] 履：踏。巉岩：险峻的山石。
[5] 披蒙茸：拨开稠密的草木。
[6] 踞虎豹：蹲坐在形似虎豹的石上。
[7] 登虬龙：攀着像虬龙一样弯曲的树木。虬龙为古代传说中一种有角的小龙。
[8] 栖：宿息。鹘：一种凶猛的鸟。危：高。
[9] 俯：俯视。冯夷：水神，也叫河伯。河伯冯夷的称呼，早在《竹书纪年》中就出现了。幽宫：深宫。冯夷之幽宫指长江。
[10] 划然：形容声音划破夜空。
[11] 凛乎：恐惧的样子。
[12] 放乎中流：放船到江心。
[13] 此句谓，随船漂到哪里，就在哪里停泊。

时夜将半，四顾寂寥。适有孤鹤，横江东来，翅如车轮，玄裳缟衣[1]，戛然长鸣[2]，掠予舟而西也[3]。

【注释】

[1] 玄：黑色。裳：下裙。缟：白色的丝织品。此句描写鹤，上白下黑，当指毛色白而两足黑。
[2] 戛然：形容叫声尖厉。

乔仲常《后赤壁赋图卷》(局部)

[3] 掠：擦过。南宋人注释苏轼诗集，曾引录当时苏轼写赠杨世昌的一个帖子："十月十五日夜，与杨道士泛舟赤壁，饮醉。夜半，有一鹤自江南来，翅如车轮，嘎然长鸣，掠余舟而西，不知其为何祥也。"所述事相同。

须臾客去，予亦就睡。梦二道士，羽衣蹁跹[1]，过临皋之下，揖予而言曰[2]："赤壁之游乐乎?"问其姓名，俯而不答。"呜呼噫嘻[3]！我知之矣。畴昔之夜[4]，飞鸣而过我者，非子也耶?"道士顾笑[5]，予亦惊寤[6]。开户视之，不见其处。

【注释】

[1] 羽衣：用鸟羽制成的衣服，一般也称道士的衣服为羽衣。蹁跹：飘然轻快的样子。
[2] 揖予：向我拱手施礼。
[3] 呜呼噫嘻：感叹词。
[4] 畴昔：从前。畴昔之夜指昨夜。
[5] 顾：回头看。
[6] 寤：醒。

【赏析】

苏轼贬居黄州期间，写了《念奴娇·赤壁怀古》词，和前后《赤壁赋》，被称为"三咏赤壁"。它们既使黄州赤壁名垂千古，也成为苏轼在这个时期的代表作。本书前面的《苏轼传》第五节中，对《念奴娇》词和《前赤壁赋》已有比较详细的介绍，相对来说，这两个作品在解读方面也要容易一些，而《后赤壁赋》的意旨，便有些恍惚迷离，玄妙莫测。从前的评论家，虽都推崇此赋，也肯定它反映了苏轼的一种心境，但究竟是怎样的心境，谁都不曾说清。所以，有必要专门作一点分析。

就创作时间来说，《后赤壁赋》与《前赤壁赋》只隔三月，但随着风景的不同，作品的气象也具有很大的差异。前赋句句是秋景，而后赋则句句是冬景，这当然是"随物赋形"，各尽其妙。其中"微风徐来，水波不兴"与"山高月小，水落石出"，至今被人们奉为描写秋、冬二景的典范名句。然而，也仿佛秋高气爽与冬日深藏的不同，前赋的意旨在主客对话议论之中明确地表述了出来，后赋却毫无议论性言句，在简单叙述事由、描写景色之后，是苏轼独自登山又独自返回舟中的一段，夜半见鹤的一段，和梦见道士的一段。按照苏轼在梦里的说法，似乎道士就是鹤，这就更让人觉得匪夷所思了，因为苏轼并不是在虚构小说情节，从他当时写给杨道士的帖子（见前面注释中引录）来看，他确实看到了那只鹤，然后他做梦，我们没有理由断定这梦是虚构的。

先看苏轼独游的一段。本来，与《前赤壁赋》所述的情况一样，这一次他也有客人陪伴，但结果却是苏轼一个人爬上了断岸，黑夜里踏着山石，披开草木，登上怪石，又攀到树上去，俯视深不可测的江水，长啸一声，引起了自然界各种可怖的反应：草木震动，山鸣谷应，风起水涌。然后，他因感到害怕而回到舟中。这一次没有吹箫，也没有对话，在一段小小的历险记后，甚至连驾船也不顾，默默地任其飘荡中流，随其所止。如果一定要说心境，大概可以描述为这样一个心路历程：先是迎难而上，在幽暗崎岖的险境中攀登，到了一定的高处后就看到一个莫知所以的世界，终于因为自己的某个行为而引起了令人恐怖的景象，结果将苏轼迫回舟中，随流飘荡。

把这样一个象征性的"历程"与苏轼到此为止的生涯相对照，毋宁说是相当符合的。他以科举（进士科、制科）起家，进入仕途，在我们看来固然相当顺利，但实际上，要连续通过"解试""省试""殿试"，才能得到进士出身；接下来面对"制科"考试，也是难关重重，先要写五十篇策论提交给朝廷，考评通过后才能参加秘阁举行的"六论"考试，写六篇论文，题目都是从经史典籍中随意取来的一句半句，论文中须准确写明这题目的出处，等于是对阅读量和记忆力的严峻考查，最后还要当着皇帝的面写一篇"御试对策"并通过考评，才能获得"制科"出身。在这样一关难似一关的考试下，杀出重围，就算他才华横溢，毕竟也须付出相当大的努力，迎难而上。此后为官议政，却与皇帝、宰相的意见相左，以致离朝外任。这当然是因为苏轼对王安石"变法"持反对态度而然，但平心而论，王安石毕竟是当朝宰相，与他争论无疑是存在相当大的心理压力的，而且他深受皇帝信任，则苏轼作为"旧党"人物的仕进之途，何异于在幽暗崎岖的险境中攀登？努力的攀登固然使苏轼到达了相当的高度，他官居知州，声名遐迩，但另一方面，对于朝廷的新政却越来越感到不理解，于是他写作诗歌，去冷嘲热讽，结果引来了"乌台诗案"这样的可怕后果，使自己处于贬谪流放之境。当然到了黄州后，苏轼也成功地经行了心理调适，决定对什么都不介于怀，顺其自然，所谓"放乎中流，听其所止而休焉"，他的心灵从纷扰中挣脱，获得了宁静。

必须说明的是，这样的宁静绝非麻木，而是正确看待事物的前提。苏轼在黄州钻研《周易》，写作了《易传》，其中便强调一个人要"清明在躬，志气如神"，永远保持理智的清醒，保持正确看待事物的理性风范，这就首先必须有宁静的心态。其实，对于人生的逆境，要做到意志上"不屈服"并不是最困难的，更难的是处于逆境而仍能有正确的认识。这是因为，处在逆境中的人，除自伤其处境凄凉外，还会因怨忿不平，而使情思、行为失去控制，非唯戕害身体，而且心志紊乱，容易产生偏见。如果一个人经常陷入偏见，即便意志再坚强，也等于已经被逆境所击败。所以，司马迁说过："小雅怨诽而不乱。"即便有怨忿之情，也不能让它紊乱心神。只有心神平定宁静，不受搅乱，才是真正战胜逆境，苏轼就做到了这一点。

由此看来，《后赤壁赋》这独游的一段，虽也可能是真实的叙述，但应该是有寓意的，仿佛是苏轼对于自己平生经历、遭遇、心态的一次简短的回顾，而其落脚点在于心神的宁定。在此基础上，我们可以继续探索夜半见鹤和梦见道士的含蕴了。这两段实际上是联结的，似乎是道士化作了鹤，或者鹤化作了道士。当然联结的方式是"梦"，而且只是"梦"中的苏轼这样认为，那"梦"中的道士既未肯定也未否定，只回头笑笑而已。一片缥缈神秘，出于尘表。而梦醒之后，则"开户视之，不见其处"，什么也没有了。显然，那不是在我们这个世界里可以捉摸、理解的事，那属于另一个世界。这另一个世界的事，我们平时是感知不到的，因为我们的心灵总是被眼前现实世界的事物所牵掣，没有余暇去感知另一个世界。

但是，心神达到了彻底的宁静平定后，苏轼却感知到了另一个世界，一个缥缈神秘、没有半点烟火气息的世界。当然这也只是有所感知而已，不能仔细揣摩的。这方面还可以提到一件趣事。《后赤壁赋》的通行版本中，"梦二道士"一句都作"梦一道士"，但现存的比较可靠的宋刻本则作"二"。到底一个道士还是两个道士呢？这是从南宋起就有人议论的话题，一般认为，既然前面写的是"孤鹤"，那么道士也应当只有一个。但是，现存宋人乔仲常的《后赤壁赋图卷》（今保存在美国密苏里州堪萨斯城的纳尔逊·艾金斯博物馆），画中的道士却有两位。这当然说明，画家所根据的《后赤壁赋》文本就作"二道士"。看来，苏轼梦见的确实是两个道士，也许他只与两个道士中的一个对话，也许他认为"玄裳缟衣"（上下颜色不同）的"孤鹤"是两个道士合体所化。反正这是无法仔细揣摩的世界,或者说不能用我们的日常理智去认识的世界,所以不必认定"孤鹤"只能与"一道士"对应。如果苏轼有意创造扑朔迷离的氛围,那么从某种角度说,"二道士"反而是神来之笔。

这样说,当然有些神秘的味道。不过我们也不必害怕神秘,在分析文学作品时,更不必回避诗人对神秘世界的感知,因为那经常是他超越常人的审美感知力的显示。在象征性地回顾平生之后,苏轼的心路历程并未停滞下来,而是向着另一途径伸展,从人间的幽昧之地,超向不可捉摸的世外之境,在迷离恍惚的幻觉中进行了一场人天(仙)对话,最后又复返人间。可以相信,他确实拥有了一番特殊的心理体验,正如他后来在《潮州韩文公庙碑》中所云:"幽则为鬼神,而明则复为人。"心神宁定,加上感知力的杰出,就能够穿越于两个世界之间。说到底,这是对于现实世界的各种因果关系的超越,心理上从这个世界脱离出去,于是万缘都息之后,一番深思飘浮于人天之际,空灵清澈,也正如《前赤壁赋》所云:"飘飘乎如遗世独立,羽化而登仙。"所以,前赋是关于超越的思辨,后赋则表现了超越的心境。

相信自己是"谪仙"的苏轼,偶尔感觉自己"羽化而登仙",自也不甚奇怪,因为尘世间确实有许多令他难耐之处,他一定需要来自另一个世界的抚慰。实际上,超越尘世的想望,在历代诗人身上,多少都会有所体现,但苏轼的特点是,他并不因此就厌离尘世。他当然不会再计较自己在这个世界的得失祸福,却也不会便"乘风归去",他将以超越的心态,继续游戏人间。

须臾客去,予亦就睡。梦二道士,羽衣翩仙,过临皋之下,揖予而言曰:赤壁之游乐乎?问其姓名,俛而不答。呜呼噫嘻!我知之矣。畴昔之夜,飞鸣而过我者,非子也耶?道士顾笑,

乔仲常《后赤壁赋图卷》
（局部）

如梦令二首

为向东坡传语,人在玉堂深处[1]。别后有谁来?雪压小桥无路。归去,归去,江上一犁春雨[2]。

【注释】

[1] 玉堂:指宋代翰林学士的官署,因宋太宗曾亲书"玉堂之署"四字匾额,故称为玉堂,正式的名称是"翰林学士院",也简称"学士院"。在唐宋时代,这与所谓"翰林院"大不相同。翰林院收罗各种文艺技术人员,如书画、棋艺、医术等方面的人才,以应付宫廷需要,谓之"翰林供奉"或"翰林待诏",唐代的李白就曾担任这样的职务,品级甚低。至于学士院内的翰林学士,则是起草诏令、参与议政的重要官职,宋代欧阳修、王安石、苏轼、苏辙等都曾担任。明清以后,始将翰林学士院与翰林院混同。"人在玉堂深处"表明苏轼在任翰林学士,这是元祐元年(1086)九月以后的事,词中从冬景写到了春景,大概是在次年的春天所作。

[2] 一犁春雨:指正好适合于犁地春耕的雨量。这个"犁"与前面《定风波》词中"一蓑烟雨"的"蓑"一样,也是特别的量词。

手种堂前桃李[1]，无限绿阴青子。帘外百舌儿[2]，惊起五更春睡。居士，居士，莫忘小桥流水。

【注释】

[1] 堂：指黄州东坡雪堂。
[2] 百舌儿：鸟名，全身黑色，嘴黄，善鸣，其声多变化，故称"百舌"。

【赏析】

苏轼晚年对自己的一生有这样的总结："问汝平生功业，黄州惠州儋州。"（《自题金山画像》）把三次贬谪当作"功业"，颇有自嘲的意味。但是，若从文学创作的角度看，贬谪时期确实是他的名篇佳作产生最多，在创作上最丰收、最有"功业"的时期。仅就黄州贬居的四年来说，便有"三咏赤壁"、《卜算子·黄州定惠院寓居作》（缺月挂疏桐）、《定风波》（莫听穿林打叶声）、《水龙吟·次韵章质夫杨花词》（似花还似非花）、《方山子传》《记承天寺夜游》等一系列被人广泛传诵的作品。相对来说，在朝任职的时候，在创作上就相对歉收。比如熙宁二三年间，苏轼在朝与"变法"派激烈争论，两年之间写诗不足二十首，简直有点对不起"诗人"的称号。元祐元年至四年在朝时，他的官职更高，经历的政治斗争更为复杂，创作的诗歌数量倒是不少（留存两百首左右），但除一些题画诗外，绝大多数是京城里官僚之间迎来送往的应酬唱和之作，其间有些作品也显示了他的才气，却很难听到属于他自己的内心独白，多少也有点对不起中国诗歌的抒情传统。当然，有的题画诗也包含抒情内容，如《书王定国所藏烟江叠嶂图》一首（本书《苏轼传》第五节引用了此诗的一部分，可参看），题的是京城里同僚王巩（字定国）收藏的一幅画，后面却描写了黄州附近"武昌樊口幽绝处"的四季景观，深表怀念之情。可见，虽然身在玉堂，苏轼的诗歌却仍要借黄州来生色，正好与这两曲《如梦令》一样。

《如梦令》这个曲调可能本来就给人追忆如梦往事的感受，玉堂深处的苏轼以此表明，他念念不忘黄州的东坡。虽然语句简短，却也足以使东坡的生活场景再次浮现眼前。他看到了那里冷落的冬天积雪，也看到春天来临后春雨洒在长江上，他的雪堂前桃李结了子，然后仿佛自己又睡在雪堂里，被清早的鸟声唤醒。眼前这赤绂银章的翰林学士，和那雪堂春睡的东坡居士，到底哪个才是苏轼呢？在词里，他借百舌鸟的叫声一再提醒自己：居士、居士。看来，他是更愿意认同于东坡居士的身份的。其实，知道"苏东坡"的世人、后人也远比知道"苏翰林"的为多。

即便是创作上相对歉收的在朝任职时期，只要一关涉黄州，苏轼也仍能写出佳作。黄州本是他的贬地，把他贬过去的目的，当然是叫他去那里吃点苦头，体会一下被惩罚、被废弃的痛苦，但那结果，却令黄州变成了苏轼心中的桃源，无时无刻不在思念归去的地方。固然，苏轼再也没能重回黄州，但自从宋代以来，黄州就与苏轼的名号紧密相连，读苏轼的人无不向往黄州，到黄州的人也无不缅怀苏轼。如南宋乾道六年(1170)，大诗人陆游自家乡山阴（今浙江绍兴）赴四川任职，沿途作日记，曰《入蜀记》，其中八月十八日、十九日两天，就记他经过黄州的事：

> 十八日……泊临皋亭，东坡先生所尝寓，《与秦少游书》所谓"门外数步即大江"是也，烟波渺然，气象疏豁。……晚移舟竹园步，盖临皋多风涛，不可夜泊也。黄州与樊口正相对，东坡所谓"武昌樊口幽绝处"也。
> 十九日早，游东坡。自州门而东，冈垄高下，至东坡，则地势平旷开豁。东起一垄颇高，有屋三间，一龟头，曰"居士亭"。亭下面南一堂，颇雄，四壁皆画雪，堂中有苏公像，乌帽紫裘，横按筇杖，是为雪堂。堂东大柳，传以为公手植。正南有桥，榜曰"小桥"，以"莫忘小桥流水"之句得名。其下初无渠涧，遇雨则有涓流耳。旧止片石布其上，近辄增广为木桥，覆以一屋，颇败人意。东一井，曰"暗井"，取苏公诗中"走报暗井出"之句。泉寒熨齿，但不甚甘。……出城五里，至安

国寺，亦苏公所尝寓，兵火之余，无复遗迹，惟绕寺茂林啼鸟，似犹有当时气象也。郡集于栖霞楼，本太守闾丘孝终公显所作，苏公乐府云"小舟横截春江，卧看翠壁红楼起"，正谓此楼也。……楼下稍东即赤壁矶，亦茅冈尔，略无草木，故韩子苍待制诗云："岂有危巢与栖鹘，亦无陈迹但飞鸥。"

从日记可见，陆游在黄州最主要的活动，就是缅怀苏轼的遗迹，同时便联想起苏轼的许多作品，其中也包括这两首《如梦令》。我们从陆游的描述中看到，东坡雪堂的四壁雪景，在南北宋之交的战火之余，仍保存完好，堂中还有了苏轼的像。《如梦令》中有"手种堂前桃李"，《满庭芳》(归去来兮) 词则有"堂前细柳"(参看本书《苏轼传》第六节所引)，都是苏轼当年亲手种植的，而到陆游来时，"堂前细柳"已长成"堂东大柳"了。《如梦令》两次写到"小桥"，而陆游看到"小桥"二字已成为此桥的榜额。他还听说，原来这小桥只是一段石梁而已，但现在变成了比较宽阔的木桥，而且桥上还盖了一间屋子。这看来像个桥亭，而"小桥"二字的榜额，大概就题在亭门上吧。不过陆游觉得"颇败人意"，还不如简单的一段石梁，更有"小桥流水"的风貌。被改变的遗迹，令陆游很不满，因为他对"雪压小桥无路""莫忘小桥流水"的词句，记得实在太清楚了，他向往这朴素简洁的词境，也知道这才是玉堂深处的苏轼所曾深切怀念的。

不单是繁华犹如一梦，朴素乃至简陋的贬居境况，也自如梦。

试笔自书

  吾始至南海[1],环视天水无际,凄然伤之,曰:"何时得出此岛耶?"已而思之,天地在积水中[2],九州在大瀛海中,中国在四海中[3],有生孰不在岛者[4]?覆盆水于地,芥浮于水[5],蚁附于芥,茫然不知所济[6]。少焉水涸[7],蚁即径去,见其类[8],出涕曰:"几不复与子相见。岂知俯仰之间,有方轨八达之路乎[9]!"念此可以一笑。戊寅九月十二日[10],与客饮薄酒小醉,信笔书此纸[11]。

【注释】

[1] 南海:指海南岛。
[2] 天地在积水中:据东汉张衡《浑天仪注》所介绍的"浑天说",天地就像一个鸡蛋,地是蛋黄,天是蛋壳,而壳(天)的内外都是水。
[3] 九州二句:据《史记·孟子荀卿列传》介绍的战国时代阴阳家邹衍的说法,中国叫作"赤县神州",内部包括九州,外有四海;但中国之外还有像"赤县神州"那样的地方,总共九个,这叫"大九州";每州四面环海,只是"裨海"(小海),"大九州"外面还有"大瀛海"环绕,那才是"天地之际"。
[4] 有生:生物。孰:谁,哪一个。

[5] 芥：小草。
[6] 济：渡。
[7] 少焉水涸：过了一会儿，水干了。
[8] 类：同类，即蚂蚁。
[9] 方轨：两车并行。八达：可以通向八面。这三句说，差点不能跟你再见了，谁知顷刻之间，却出现了这么宽广的大路呀。
[10] 戊寅：宋哲宗元符元年（1098），苏轼贬到海南岛的第二年。
[11] 信笔：随意写去。

【赏析】

　　佛教徒翻译佛经的时候，把经文的一章翻作一"品"，比如《妙法莲华经》就从"序品"开始，后面接着"方便品""譬喻品""信解品"等等，根据其长短，也有"大品""小品"之称，而文人所作短小的序跋、题记、随笔之类，也被唤作"小品文"，是唐宋以来古文中最为自由活泼的品种。苏轼的小品文独抒性灵，对后世影响甚大，而他本人对小品文的创作也非常积极，留下的数量颇为可观。这一方面是出于他对随意活泼的写作方式的喜好，另一方面也因为他的书法水平极高，太多人渴望拥有他的墨迹，总会来请他随便写几行，拿去珍藏，这也促使他形成了时不时地随手写几句的习惯，而只要被人看到，就会被收藏。他的许多著名的小品文，就是这样产生的，并被保存至今。《试笔自书》一篇，从题目的意思来看，大概是因为得到了一枝新笔，开毫试写，因此而成就了一段随笔。

自从绍圣四年(1097)六月中旬登上海南岛以来，苏轼的脑子里似乎一直盘旋着邹衍关于"大九州""大瀛海"的说法，用来排解困居海岛的愁苦心情。按照邹衍所想象的世界图景，以及古代流行的"浑天说"所提供的宇宙图景，大陆乃至天地都不过是面积大些的岛屿而已，跟海南岛的情况没有本质上的区别，自己又何必为贬谪海南而郁闷呢？这个意思，苏轼也曾在《行琼儋间，肩舆坐睡，梦中得句云"千山动鳞甲，万谷酣笙钟"，觉而遇清风急雨，戏作此数句》一诗中表述出来(请参看本书《苏轼传》第十一节)，但在本篇中，他又触类旁通，加上了蚂蚁附于盆水浮芥的设想。从"大九州"看海南岛，是以大比小；从蚂蚁浮芥看海南岛，又是以小喻大，视点的灵活转变反映了苏轼观察人生的通达眼光和超脱智慧。经常能够换个角度看问题，是他的擅场。

不过，到"少焉水涸，蚁即径去"为止，这个比喻所要说明的道理，以及相信自己总有一天可以脱困的信念，都已经呈现出来，但苏轼却没有在此停笔，他还要"信笔"写下去，把比喻延续为一个小故事。他让蚂蚁与它的同类见面，哭诉"差点就再也见不到你"的强烈感受，确实有引人一笑的效果。就说理而言，这种故事性的延伸并非必要，但就小品文的艺术效果而言，这一延伸却妙趣横生，令东坡居士俏皮诙谐的真面目顿时跃然纸上。

所以，这篇小品文包括了两处精彩之笔：一是"有生孰不在岛"的思考，是旷达的一笔；一是蚂蚁向其同类哭诉的想象，是诙谐的一笔。前者联系到"浑天说"和阴阳家，具有很强的知识性，体现了士大夫的文化趣味；相比之下，后者则远为通俗，令人想起苏轼的时代流行的一种通俗文艺：杂剧。

宋代的杂剧与戏曲史上的"元杂剧"不同，它是跟今天的相声、小品比较相似的逗乐性表演，其具备逗乐效果的话语，叫作"打诨"，效果强烈的叫"打猛诨"。这本是一种市井流行的表演节目，有着极其广泛的群众基础，可惜文献上记载下来的杂剧片段，多是在宫廷演出的，内容已趋文雅化。比如，苏轼自己也曾经被一个杂剧演员取作"打诨"的素材，那人戴上了苏轼自制的式样独特的帽子，矜夸说："吾之文章，汝辈不可及也。"别人问："何也？"他便答："汝不见吾头上子瞻乎？"据说，连讨厌苏轼的宋哲宗也被这一"打诨"逗得笑了许久(事见李廌《师友谈记》)。当然，不可能要求一出杂剧的每句话都"打诨"，但至少最后一句要"打诨"，这叫"打猛诨出"。其实，以上记载的这个"打诨"显得过于文雅，市井之间的杂剧应该有更粗俗、效果更"猛"的"打诨"，但由此也可看出，此种市井通俗表演艺术的发达，对文人士大夫也很有影响。比如黄庭坚就曾以杂剧为比方，来说明写诗的方法，谓"临了须打诨，方是出场"(见孔平仲《谈苑》)，意思是，一定要注意结尾的艺术效果。

如果拿黄庭坚说的写诗方法，来看这篇《试笔自书》，大抵可以说是"打诨出场"，因为除了后面近似落款的几句外，蚂蚁的告白基本上就是本文的结尾了。从"念此可以一笑"一句来看，苏轼明知自己是在"打诨"，他是有意识地使用了杂剧"打诨出场"的方法，而蚂蚁哭诉的内容，也仿佛就是一出杂剧。所以，就后半部分的诙谐趣味而言，本文也体现出苏轼的审美趣味中与市井文艺相通的一面。

六月二十日夜渡海[1]

参横斗转欲三更[2]，苦雨终风也解晴[3]。云散月明谁点缀[4]，天容海色本澄清[5]。空余鲁叟乘桴意[6]，粗识轩辕奏乐声[7]。九死南荒吾不恨[8]，兹游奇绝冠平生[9]。

【注释】

[1] 六月：元符三年（1100）六月。时宋徽宗已继位，苏轼接到了移居廉州（今广西合浦）的诏令，离开海南岛北归。渡海：谓渡过琼州海峡赴大陆。

[2] 参横斗转：参宿横斜，北斗转向，说明时值夜深。参和斗都是星宿名，属于二十八宿。横、转，指星座位置的移动。

[3] 苦雨：久雨不停。终风：终日刮的风。

[4] 点缀：此指遮蔽。

[5] 这两句说，月色明朗，遮蔽的浮云散去以后，展现出青天碧海原本就是澄清透明的。

[6] 鲁叟：孔子。乘桴：坐在木船上。《论语·公冶长》载孔子语："道不行，乘桴浮于海。"意谓其学说、见解不被采纳，就乘着木船，浮海远去。

[7] 轩辕：黄帝。《庄子·天运》载黄帝在洞庭湖边演奏乐曲，并借音乐说了一番哲理。这里以轩辕奏乐声形容海涛，也隐指道家哲理。

[8] 九死，语出《离骚》："亦余心之所善兮，虽九死其犹未悔。"南荒：极远的南方。恨：悔恨。

[9] 兹游：这次海南之游，实指贬谪经历。

【赏析】

诗题中记下准确的时日，当然是为了说明该诗的创作缘由，但同时也意味着，这时日对于作者来说具有特别的意义。在苏轼的诗集里，有许多类似的诗题，如《正月二十日与潘郭二生出郊寻春，忽记去年是日同至女王城作诗，乃和前韵》《四月十一日初食荔支》等，就是苏轼有意要留下准确时间以为纪念的，至于《辛丑十一月十九日，既与子由别于郑州西门之外，马上赋诗一篇寄之》和《十月二日初到惠州》之类，则更具有标志生命某一阶段开始的里程碑式的意义：前者是仕宦生活的开始，后者是岭南贬谪生活的开始。这首诗里的"（元符三年）六月二十日"，对于苏轼来说也显然是又一次新生的标志，就在这一天夜里，他渡过琼州海峡，重归大陆。虽然他并不厌恶海南岛，但离开这个"贬谪"的极限之地，毕竟意味着政治上的平反，意味着自己的生存意义得到了肯定。

对准确时日的记录也联系着宋人非常重视的一种诗歌观念，即所谓"诗史"。那不单是说，诗可以用来反映历史事实，更重要的是，在抒情诗的创作和解读上非常强调其确定的创作缘由。在前面对于《定风波》(莫听穿林打叶声) 一词的赏析中，我们已简单提及抒情诗发展的一个侧面，即抒情内容从类型化的情感演变为具体化、个人化的情感，而对创作缘由的强调就促成了抒情内容的具体化、个人化，其中时间是一个必要的构成元素。比如杜甫的鸿篇巨制《北征》开篇的四句：

> 皇帝二载秋，闰八月初吉。杜子将北征，苍茫问家室。

这是说，在唐肃宗登基的第二年即至德二载 (757) 的八月初一日，杜甫将北上去探望他的家人。"史"的笔法使这个伟大的作品一开头就显得苍凉浑厚，气象宏大。就抒情内容而言，这也等于明确指定了哪一个人在哪一个时刻因哪一件事，而发生了以下许多的感想。类似的写法在后来的韩愈、白居易笔下都曾出现，而且明显是对杜甫的继承。宋人的"诗史"观念，主要就借杜诗评论而发，苏轼也曾对《北征》一篇加以推崇，认为从中可以学习"文法"。我们在早期的苏诗中也可以找到这样的写法，如在凤翔所作《石鼓》诗开头："冬十二月岁辛丑，我初从政见鲁叟。"意谓嘉祐六年 (1061) 十二月，苏轼开始从政，到孔庙去拜谒圣人。不过，诗歌毕竟是语言的精华，像《北征》那样的长篇，开头花几句去写时间、事由，倒是无妨，一般律诗只有八句，显然不宜采取类似的写法。苏轼说，读《北征》可以学习"文法"，他没有说"诗法"，这一点也值得注意。

所以，苏轼采用得更多的办法，是在题目中交代时间和事由，如果事由复杂，他就会在该诗的正文前写一段序言。与他的词题、词序一样，诗题、诗序也反映出他对于诗歌创作的基本观念。我们平常背诵唐诗名篇时，对题目是不太重视的，但苏轼诗歌的大部分题目，都参与了全诗意境的创造、含义的表达，是作品的有机组成部分。

明白了题目中"六月二十日"这个时间对于苏轼生命整体的意义，我们才可以充分体会此诗开头四句"快板"一样的节奏所流露的欢喜。与通常律诗的写法不同，这四句几乎是同样的句式，"参横斗转""苦雨终风""云散月明""天容海色"，排比对偶而下，一气呵成。这是语词的舞蹈，是心灵随着活泼欢快的节奏而律动，唱出的是生命澄澈的欢歌。一次一次悲喜交迭的遭逢，仿佛是对灵魂的洗礼，终于呈现一尘不染的本来面目。生命到达澄澈之境时涌自心底的欢喜，弥漫在朗月繁星之下，无边大海之上。

自从绍圣四年（1097）被贬出海以来，苏轼屡次以"乘桴浮于海"的孔子自比，以坚持人格上、政见上的自我肯定，如元符二年（1099）所作《千秋岁·次韵少游》词结尾："吾已矣，乘桴且恁浮于海。"他以这样的道德守持，来对抗朝廷的迫害，立柱天南，巍然不屈。但在此时，模仿儒学圣人的这份道德守持也被超越，苏轼在大海上听到的，是中华民族的始祖轩辕黄帝的奏乐之声。来自太古幽深之处的这种乐声，是混沌未分、天人合一的音响，是包括人在内的自然本身的完满和谐，它使东坡老人从道德境界迈向了天地境界。因此，诗的结尾说，回顾这海南一游，乃是生命中最壮丽的奇遇，虽九死而不恨。这不仅仅是表达了一份倔强，心灵上真正得到了成长的人，是会真诚地感谢他所遭遇的逆境的。如果没有遭受贬谪，他就不能到达"鲁叟"的道德境界，如果贬地不是这遥离中原的南荒，他也没有机会听见"轩辕"的奏乐，领略到天地境界。海南一游，确实造就了一个心灵澄澈的诗人，造就了一个海天朗月般的生命。政治上的自我平反，人格上的壁立千仞，这些已都不在话下，诗人的生命之歌唱到这里，将要融入天地自然之乐章，而成为遍彻时空的交响。

　　生命来自天地，必将回归天地。这一个生命曾经如此热爱人世，不愿"乘风归去"，但毕竟终须归去。然而，在回归天地的前夕，心灵感悟到与天地相同的境界，那是最为成功的生命。

三 名家视角

苏轼的文学创作代表着北宋文学的最高成就,在当时的作家中享有巨大的声誉。……他的作品在当时就驰名遐迩,不仅在中原一带广泛传诵,而且在边缘地区乃至辽国、高丽等地都拥有不少读者。

黄庭坚《东坡先生真赞》

岌岌堂堂[1]，如山如河。其爱之也，引之上西掖銮坡[2]。是亦一东坡，非亦一东坡。槁项黄馘[3]，触时干戈[4]。其恶之也，投之于鲲鲸之波[5]。是亦一东坡，非亦一东坡。计东坡之在天下，如太仓之一稊米[6]。至于临大节而不可夺[7]，则与天地相终始。

（录自黄庭坚《豫章黄先生文集》卷十四，《四部丛刊》影印南宋乾道刊本）

【注释】

[1] 岌岌堂堂：崇高、宏大。
[2] 西掖：中书省，与门下省对处中央官署的东、西侧。銮坡：翰林学士院，唐代曾设其官署于金銮殿旁的金銮坡。此指苏轼在朝，先后担任中书舍人、翰林学士，掌"外制""内制"。
[3] 槁项黄馘：枯槁的头颈、泛黄的面孔，形容瘦弱，也指身为布衣，处境困窘。语出《庄子·列御寇》，苏轼自己在《六国论》中亦用之。
[4] 触时干戈：触犯时忌。干戈一般指武器，这里指刑具，谓苏轼得罪执政者，险些被处以极刑。

[5] 鲲鲸之波：生长大鱼的海洋，这里指苏轼被贬谪海南，须渡海前往。
[6] 太仓：京师储谷的大仓。稊米：小米。语出《庄子·秋水》："计中国之在海内，不似稊米之在太仓乎？"此指芸芸众生中的一员。
[7] 临大节而不可夺：碰到大是大非，就坚持自己的节操，谁也不能强迫他。语出《论语·泰伯》。

王水照《苏轼的影响》

苏轼的文学创作代表着北宋文学的最高成就,在当时的作家中享有巨大的声誉。如同欧阳修对他的奖掖、培养一样,苏轼也十分重视文学人才的发现和培养。除了"苏门四学士""苏门六君子"外,他还热情地向不少后辈传授自己的写作经验,扩大自己的文学影响。他的作品在当时就驰名遐迩,不仅在中原一带广泛传诵,而且在边缘地区乃至辽国、高丽等地都拥有不少读者。

他的诗、词、文对后世的影响更为深远和复杂。苏诗影响有宋一代的诗歌面貌。金代有所谓"苏诗运动"。明代公安派作家如袁宏道、袁宗道等十分推崇苏诗,借以反对"诗必盛唐"的前后七子。清代的宗宋派诗人,如钱谦益、宋荦、查慎行等都受苏轼的影响。他所创立的豪放词派直接为南宋大词人辛弃疾所继承,在辛弃疾前后涌现了一大批爱国词人如张元干、张孝祥、陈亮、刘过、刘克庄、刘辰翁等,形成了属于豪放词风的辛派词人。直到清代,陈维崧、曹贞吉、顾贞观、蒋士铨等人都效法苏辛。至于苏轼的散文也为后世文章家所崇尚。他的小品文在文学上影响更大。明代公安派在标举"独抒性灵"反对拟古主义时,就从苏轼的《志林》中学习抒情小品的写作。

在清代袁枚、郑板桥的散文中，也可以找到承袭的线索。

苏轼的集子早在他在世时已有编辑。除了三苏自己合编的《南行集》外，元丰四年（1081）苏轼贬居黄州时，陈师仲就把苏轼在密州、徐州两地所作的诗编成《超然集》、《黄楼集》（《答陈师仲书》）。刘沔也替他编成诗文集二十卷，苏轼还称赞此书没有一篇伪作混入（《答刘沔书》）。邵博《闻见后录》卷十九载有"京师印本《东坡集》"，苏轼曾指出其误字。其他不同名称的本子还很多。苏辙的《亡兄子瞻端明墓志铭》称他所著有《东坡集》《后集》《奏议》《内制》《外制》《和陶诗》等。但是，宋徽宗崇宁元年（1102），苏轼死后不久，他被列入"元祐党籍"追削官爵，著作也遭禁毁。到了宋高宗赵构建炎时，始得昭雪；宋孝宗赵眘时追谥为"文忠"，他的集子又以多种版本广为流传，形成"人传元祐之学，家有眉山之书"（《宋赠苏文忠公太师制》）的盛况。

今存苏轼全集以《东坡七集》本较为完善，是清人根据明刊本校印的，有解放前中华书局出版的《四部备要》本，内分《东坡集》《后集》《奏议》《外制集》《内制集》《应诏集》《续集》等七集。此本不收苏轼词作。解放后商务印书馆重印的"国学基本丛书"本，改题为《苏东坡集》，七个集子的编次有些变动，内容全同。

苏轼诗的笺注本也开始于北宋，有赵次公等五家的注本。南宋署名王十朋的《集注分类东坡先生诗》，广泛搜集旧注，按类编排；施元之等的《注东坡诗》，对注释有所补益。清代苏诗研究者更多，如邵长蘅《苏诗王注正讹》、查慎行《补注东坡先生编年诗》、沈钦韩《苏诗查注补正》、翁方纲《苏诗补注》、纪昀评点的《苏文忠公诗集》等都可资参考；其中又以晚出的冯应榴《苏文忠公诗合注》、王文诰《苏文忠公诗编注集成》两种，取材宏富，注释详备，总结了清代苏诗研究的成果，对读者很有帮助。

今存苏轼词集《东坡乐府》的最早刻本是元代延祐七年(1320)的南阜书堂本，有古典文学出版社1957年影印本，上海古籍出版社1978年的新校本即以它为底本。后又有明毛晋《宋名家词》本、清王鹏运《四印斋所刻词》本、朱孝臧《彊村丛书》本，朱本编年排列，而且所收词最多。今存最早的苏词注本是南宋傅幹的《注坡词》。近人有《东坡乐府笺》，校、注都较精审，有商务印书馆本。

苏轼散文的最早选本是南宋郎晔的《经进东坡文集事略》，所选文章颇具代表性，注释也简明扼要，有解放前商务印书馆出版的《四部丛刊》本、解放后文学古籍刊行社本。明代茅坤编选的《宋大家苏文忠公文钞》，为《唐宋八大家文钞》之一，也是较重要的选本。

今天，苏轼的研究和介绍工作有了新的发展。在四川眉山苏轼故居，原有明洪武时所建的"三苏祠"，岁久历遭毁损，现已一再修葺，并在1959年正式改建为"三苏纪念馆"，大门两旁挂有"一门父子三词客，千古文章四大家"的楹联，表示人们对苏氏的赞赏。在湖北黄冈，也对"东坡赤壁"的建筑群如"碑阁""二赋堂""酹江亭"等修缮一新，是凭吊这位诗人的地方。各地至今还流传着不少关于他的传说，并有"东坡巾""东坡肉""东坡饼"等名目。这都说明苏轼是一位有深远影响的大作家，并不随着他的时代的消失而消失。作为发展中华民族新文化的借鉴，他留下的丰富的文学遗产值得我们好好学习和研究。

（选自王水照《苏轼》，上海古籍出版社1984年）

山本和义《诗人与造物》

诗人苏轼，号东坡居士，于元丰五年（1082）秋，贬居黄州期间，作《前赤壁赋》。在此赋中，"苏子"回答吹洞箫之"客"说：

> 且夫天地之间，物各有主，苟非吾之所有，虽一毫而莫取，惟江上之清风，与山间之明月，耳得之而为声，目遇之而成色，取之无禁，用之不竭，是造物者之无尽藏也，而吾与子之所共食。

诗人以风、月为造物所馈赠的质料，将它们视为声和色，即与音乐、绘画相联系的美，而赋予"清风""明月"之称。由此，诗人创造出一个与贬谪者的日常生活世界相区别的新的诗世界，而畅游其中。关于这一点，正如夏目漱石所说，诗人在"难以生存之世"，"能够建立一个不同不二的世界"，因此而生活得"比所有俗界的宠儿都要幸福"。

造物分出其"无尽藏"（用不完的积蓄）的一部分，赠予诗人。诗人得到后，用语言来创造美。熙宁六年（1073）担任杭州通判的苏轼，有《僧清顺新作垂云亭》诗。僧清顺字怡然，住杭州西湖北山，在宝严院筑垂云亭。诗云：

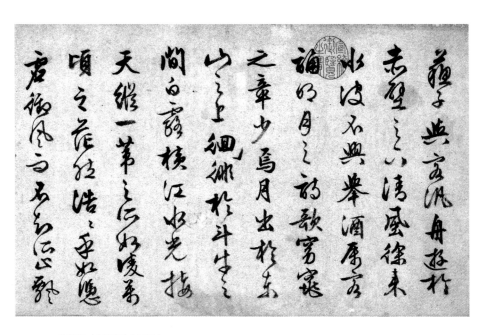

文徵明《赤壁赋》（局部）

三　名家视角　197

李唐《赤壁胜游图页》

> 江山虽有馀，亭榭苦难稳。登临不得要，万象各偃蹇。惜哉垂云轩，此地得何晚。天功争向背，诗眼巧增损。路穷朱栏出，山破石壁狠。海门浸坤轴，湖尾抱云巘。葱葱城郭丽，淡淡烟村远。纷纷乌鹊去，一一渔樵返。雄观快新获，微景收昔遁。道人真古人，啸咏慕嵇阮。空斋卧蒲褐，芒屦每自捆。天怜诗人穷，乞与供诗本。我诗久不作，荒涩旋锄垦。从君觅佳句，咀嚼废朝饭。

造物从其"无尽藏"中分出过于丰富的杭州江山，赠予了诗人，即所谓"江山虽有馀"。但此"江山"应该仅指质料，还未经诗人视之为美，与《赤壁赋》所云"江上之清风""山间之明月"不同。江山的存在方式，是"万象各偃蹇"，呈现出倨傲任性的样子，还不具备美的秩序，并未完全脱离混沌状态。造物有待于诗人的审美之眼，去完成美的创造。这便是苏轼说的"诗眼巧增损"。诗中的意思是，诗僧的杰出眼力（审美之眼）采取了景物的长处，排除其短处，找出最合适的地点（所谓"要"）建筑了垂云亭。但若专注于这一句来理解，也可以说是造物所给予的质料，经过诗人的审美之眼，而获得了美的秩序。于是，在诗人所赋予的秩序中，"天功争向背"，造物巧妙地铸成的各种景物朝着不同的方向，争相绽放出它们的美，从"路穷朱栏出"到"一一渔樵返"，就是其具体的内容，而以"雄观快新获，微景收昔通"收束之。进一步,苏轼又说:"天怜诗人穷,乞与供诗本。"天也就是造物,它给诗人提供了"诗本"(作诗的质料),等待着它的熔化。

熙宁十年(1077),徐州知州苏轼在面临黄河的东门上筑起黄楼,并请他的弟子秦观(字太虚,后改少游)作《黄楼赋》。收到此赋后,他写了一首诗表示感谢:

> 我在黄楼上,欲作黄楼诗。忽得故人书,中有黄楼词。黄楼高十丈,下建五丈旗。楚山以为城,泗水以为池。我诗无杰句,万景骄莫随。夫子独何妙,雨雹散雷椎。雄辞杂今古,中有屈宋姿。南山多磐石,清滑如流脂。朱蜡为摹刻,细妙分毫厘。佳处未易识,当有来者知。(《太虚以〈黄楼赋〉见寄,作诗为谢》)

苏轼登上了刚刚筑成的黄楼,兴高采烈地看着四周的景观。秦观将这些景观写在赋中,并说这是造物赠给苏轼的("意天作以遗公兮,慰平日之忧勤")。得到了造物之馈赠的苏轼"欲作黄楼诗",将造物提供的"诗本"熔化,以完成美的创造。但是,"我诗无杰句",难以构思出杰出的诗句,因此"万景骄莫随",造物所给予的所有景物,都没有被熔化为美。这就等于垂云亭诗所说的"万象各偃蹇"。

读到了秦观的《黄楼赋》,苏轼叹息"夫子独何妙",他为秦观的诗才惊叹,因为秦观做到了他做不到的事。秦观像"雨雹散雷椎"一般写成了《黄楼赋》,而且"雄辞杂今古,中有屈宋姿",那雄劲的语言犹如战国时代的屈原、宋玉。可以说,这才成就了黄楼之美。

接下来,要取清滑的南山之石,把这篇《黄楼赋》刻上去,所谓"朱蜡为摹刻,细妙分毫厘",就按照秦观的原稿刻上去。这就使黄楼之美成为实物。"佳处未易识"是谦虚的说法,意谓苏轼不能完全体会到诗人所成就的美,所以"当有来者知",期待后来的人们能够享受到更丰富的美。

不会说话的造物,期待于诗人去完成美的创造。熙宁九年(1076)重阳节所作《和晁同年九日见寄》云:

> 遣子穷愁天有意,吴中山水要清诗。

"晁同年"就是晁端彦,字美叔,与苏轼同期出仕为官。苏轼说,造物使晁端彦陷于穷愁,是因为吴中(包含杭州在内的地域)的山水需要好诗。

缺少了诗人,佳景会怎样?让我们来看熙宁八年春苏轼写于密州的《和段屯田荆林馆》(段屯田名段绎,字释之):

> 南山有佳色,无人空自奇。清诗为题品,草木变芬菲。

造物带来了南山的佳景,但如没有段绎那样杰出的诗人,就只能停留在"奇"的质料的阶段,不能具象化为美。"空",就是不能满足造物的期待。而一旦有"清诗为题品",景物被审美观赏("题品")后转化成清新的诗句,那就"草木变芬菲",草木变得芳香馥郁,南山呈现出它的美,造物可以满意了。

元丰二年(1079),苏轼有《李公择过高邮,见施大夫与孙莘老赏花诗,忆与仆去岁会于彭门,折花馈笋故事,作诗二十四韵见戏,依韵奉答,亦以戏公择云》诗云:

当时谪仙人,逸韵谢封畛。诗成天一笑,万象解寒窘。惊开小桃杏,不待雷发轸。

这"谪仙人"指诗仙李白,他的诗一旦写成,天也会"一笑",造物为之兴高采烈,收去寒气,将春天惠赐于万物,还不等春雷响起,小桃杏都开了花。

对于造物的馈赠,诗人必须以具备相当质量的诗来回报。元丰七年(1084)畅游庐山的苏轼,将世间传诵的徐凝《瀑布》诗视为"尘陋",戏作一绝:

帝遣银河一派垂,古来惟有谪仙词。飞流溅沫知多少,不与徐凝洗恶诗。(《世传徐凝〈瀑布〉诗云:"一条界破青山色。"至为尘陋。又伪作乐天诗,称美此句,有"赛不得"之语。乐天虽涉浅易,然岂至是哉?乃戏作一绝》)

像庐山瀑布那样的造物之馈赠，必须以谪仙李白的诗来回报，像徐凝那样的"恶诗"，只该让流水把它洗去。

由此可以明白，诗人并非造物的模仿者。诗人须以自己的审美之眼，超越造物所给予的自然的原貌。如释惠洪《冷斋夜话》所云：

> 世人之诗，例多禁忌，富贵中不得言贫贱事，少壮中不得言衰老事，康强中不得言疾病死亡事。脱或犯之，谓之诗谶，谓之无气。是大不然。诗者，妙观逸想之所寓也，岂可限以绳墨哉？如王维画雪中芭蕉，诗眼见之，知其神情暂寓于物，俗论则诚以为不知寒暑。（胡仔《苕溪渔隐丛话》前集卷四十引）

诗人通过"妙观逸想"而创造出诗的世界，这个世界拒绝"俗论"即日常世界的"绳墨"。在现实世界中，恐怕不存在"雪中芭蕉"，但诗人却可以把造物给予的"雪"和"芭蕉"当作质料，通过"诗眼"而令"雪中芭蕉"存在。美就存在于此。

垂云亭诗中提到"天怜诗人穷，乞与供诗本"，《和晁同年九日见寄》诗有"遣子穷愁天有意"，写《赤壁赋》的苏轼是流放黄州的罪人，二十四韵诗与瀑布诗提到的诗人是"谪仙"李白：诗人都是这般穷困的。《次韵张安道读杜诗》又谓：

> 谁知杜陵杰，名与谪仙高。扫地收千轨，争标看两

艘。诗人例穷苦,天意遣奔逃。

此"杜陵杰"是杜甫,"谪仙"是李白,都是诗人穷苦的例子,而且他们的穷苦要归因于造物的意志。元祐四年(1089)所作《呈定国》又云:

信知诗是穷人物,近觉王郎不作诗。

"定国"就是诗中的"王郎",即王巩,字定国,苏轼为他写过《王定国诗集叙》。这里说诗是令人穷困之物,反过来,诗人穷困了,才会有好诗,熙宁七年(1074)所作《僧惠勤初罢僧职》诗云:

轩轩青田鹤,郁郁在樊笼。既为物所縻,遂与吾辈同。今来始谢去,万事一笑空。新诗如洗出,不受外垢蒙。清风入齿牙,出语如风松。霜髭茁病骨,饥坐听午钟。非诗能穷人,穷者诗乃工。此语信不妄,吾闻诸醉翁。

惠勤是跟苏轼关系密切的杭州诗僧,苏轼认为,从他身上可以得出"非诗能穷人,穷者诗乃工"的结论,就像苏轼的老师欧阳修曾说过的那样。

欧阳修是在《梅圣俞诗集序》中说到这个意思的。这梅圣俞就是欧阳修的朋友梅尧臣,他也是苏轼的老师之一。序中说:

> 予闻世谓诗人少达而多穷，夫岂然哉？盖世所传诗者，多出于古穷人之辞也。凡士之蕴其所有，而不得施于世者，多喜自放于山巅水涯外，见虫鱼草木风云鸟兽之状类，往往探其奇怪，内有忧思感愤之郁积，其兴于怨刺，以道羁臣寡妇之所叹，而写人情之难言，盖愈穷则愈工。然则非诗之能穷人，殆穷者而后工也。

欧阳修还在《梅圣俞墓志铭》中引录了这篇序言的一节，并说"圣俞以为知言"。就是说，梅尧臣对"非诗之能穷人，殆穷者而后工也"的看法表示了赞同，而苏轼也继续赞同之。

诗并不能造成诗人的穷困。造成诗人穷困的是天，也就是造物。如《和晁同年九日见寄》诗所说，天(造物)因为要得到"清诗"，而故意令诗人穷困。在《次韵张安道读杜诗》中，使李白、杜甫陷于奔逃的也是"天意"。

进一步，苏轼在元祐元年（1086）所作的《次韵和王巩》中还说：

> 谪仙窜夜郎，子美耕东屯。造物岂不惜，要令工语言。王郎年少日，文如瓶水翻。争锋虽剽甚，闻鼓或惊奔。天欲成就之，使触羝羊藩。孤光照微陋，耿如月在盆。归来千首诗，倾泻五石樽。却疑彭泽在，颇觉苏州烦。君看驺忌子，廉折配春温。知音必无人，坏壁挂桐孙。

"谪仙窜夜郎"说的是李白,他因参与永王李璘的叛乱而被流放夜郎;"子美耕东屯"说的是杜甫,他在长期流浪之余,好不容易到夔州的东屯,过耕种的生活。造物就是如此令诗人穷困。不过,苏轼在这里的表述是"造物岂不惜,要令工语言",造物并非不爱惜诗人,只是为了让他们写出更美的诗,才强迫他们过穷困的生活,"愈穷则愈工"。

王巩也是一位诗人,《王定国诗集叙》说:"今定国以余故得罪,贬海上五年,一子死贬所,一子死于家,定国亦病几死。"他被苏轼的"乌台诗案"所连累,元丰二年(1079)被贬到岭南的宾州,过了五年穷困的生活。诗中说,王巩年少的时候,写作诗文如倒翻一瓶水那样容易,在创作竞赛中所向无敌,但造物犹未满足,所谓"天欲成就之",要他取得更高的成就。为了这个目的,强迫他过艰苦的生活,"使触羝羊藩"。《周易》大壮卦有"羝羊触藩,不能退,不能遂,无攸利,艰则吉"的爻辞。下面"孤光照微陋,耿如月在盆",指诗人在萧条的岭南闲居五年,此后便是"归来千首诗,倾泻五石樽",诗人归来了,而且正如造物之所期待,诗人也成长了,他的诗歌艺术超过了韦应物(苏州),接近了陶渊明(彭泽)。造物由此实现了它的意志。

写作此诗的三年之后,苏轼在上引《呈定国》中说:"信知诗是穷人物,近觉王郎不作诗。"对于已经处在顺境的王巩,造物再也不许可他是诗人了。

造物使诗人穷困,却也怜悯他,而把"无尽藏"分赠给他。

垂云亭诗已说到"天怜诗人穷,乞与供诗本",造物只会怜悯和宽容穷困的诗人。元丰八年(1085)的《登州海市》诗云:

> 潮阳太守南迁归,喜见石廪堆祝融。自言正直动山鬼,岂知造物哀龙钟。

这"潮阳太守"指韩愈,字退之,他从贬地潮州北归的途中,向浓雾笼罩的南岳衡山祷告,那浓雾马上散去,石廪、祝融两峰清晰地显现出来。韩愈自以为这是他的正直感动了山鬼,但苏轼却认为这是造物哀怜诗人的穷困。

造物本来是吝啬的,不太愿意分出它的"无尽藏"。如《凌虚台》诗所说:"青山虽云远,似亦识公颜。崩腾赴幽赏,披豁露天悭。"这"天悭"一词就指造物的吝啬。《祈雪雾猪泉,出城马上作,赠舒尧文》又云:"愿君发豪句,嘲诙破天悭。"此指造物吝于下雪。《月华寺》诗云:"此山出宝以自贼,地脉已断天应悭。"这是说造物吝于出产铜矿。至《越州张中舍寿乐堂》诗则云:

> 张君眼力觑天奥,能遣荆棘化堂宇。……不忧儿辈知此乐,但恐造物怪多取。

张中舍即张次山,字希元。就像垂云亭诗中的僧清顺一样,张次山也以他的"诗眼"窥见了造物的奥秘,选择了最适于观赏会稽景物之美的地点，而建筑了寿乐堂。张次山在他的寿乐堂中充分享受会稽的美景，但造物可能不太愿意让人过多地享用它的馈赠。张次山并不是真正穷困的诗人。

造物忌多才。熙宁四年（1071）所作《次韵柳子玉过陈绝粮》云：

> 风雨萧萧夜晦迷，不须鸣叫强知时。多才久被天公怪，阙食惟应馋妇知。杜叟挽衣那及胫，颜公食粥敢言炊。诗人情味真尝遍，试问于今底处亏。

柳子玉就是柳瑾，他在风雨之夜，浪迹旅途。这是因为"多才久被天公怪"，富于才华的他被造物所忌，"阙食惟应馋妇知"就指题目中的"绝粮"，柳瑾的穷困已到极点了。但这也是诗人的常情，如杜甫的粗衣不能遮蔽脚骨，颜真卿只能喝粥充饥，柳瑾也必须尝尽造物强施于诗人的各种穷厄困苦。对于苏轼"试问于今底处亏"（还有什么苦处没尝过）的问题，柳瑾应该回答"无亏处"了，这样柳瑾才能成为真正的诗人。

造物也厌憎诗人的饶舌和傲慢。元丰二年的《次韵李公择梅花》说：

> 诗人固长贫，日午饥未动。偶然得一饱，万象困嘲弄。寻花不论命，爱雪长忍冻。天公非不怜，听饱即喧哄。

穷困乃是诗人的常情，与柳瑾"绝粮"、僧惠勤"饥坐听午钟"一样，李常（字公择）也是"日午饥未动"。但诗人只要偶然吃得一饱，就会用笔端去玩弄造物的各种馈赠，所谓"万象困嘲弄"。接着说，"寻花不论命，爱雪长忍冻"，诗人贪得无厌地收取造物的馈赠。造物倒也并非不怜悯诗人，无奈"听饱即喧哄"，对诗人过度宽容，就会让他们变得饶舌，渐渐远离醇正的诗。造物自己不会说话，诗人的饶舌表现了具有说话能力者的傲慢，令造物厌恶。

综上所述，造物对诗人是格外严厉的，这是因为自己不会说话的造物，强烈地要求诗人去完成美的创造，写出醇正的诗。正如夏目漱石所说，这是"作为诗人的天职"。如果只有人才能创造出美，那么造物之造就诗人，便是一种必然。享受着造物之"无尽藏"的苏轼，就是这样一位诗人。这位诗人号"东坡居士"。

（译自山本和义《诗人与造物——苏轼论考》，
日本研文出版，2002年。稍作删节）

四 苏轼年谱

清拓《东坡像团扇页》

宋仁宗景祐三年（1036）丙子　生

十二月十九日（西历1037年1月8日），苏轼生于眉州（今四川眉山）。

此年父苏洵二十八岁，母程氏二十七岁。范仲淹四十八岁，欧阳修三十岁，司马光十八岁，曾巩十八岁，王安石十六岁，东林常总禅师十二岁，刘挚七岁，吕惠卿五岁，佛印了元禅师五岁，程颐四岁，章惇二岁，径山维琳禅师一岁。范仲淹因反对宰相吕夷简而被贬饶州，欧阳修因支持范仲淹而被贬夷陵。

宝元元年（1038）戊寅　三岁

苏轼兄苏景先去世。

西北地区的元昊称帝，国号夏，史称西夏。司马光进士及第。

宝元二年（1039）己卯　四岁

弟苏辙生于二月二十日。

庆历二年（1042）壬午　七岁

苏轼始知读书。

此年王安石、韩绛进士及第。

庆历三年（1043）癸未 八岁

苏轼始入乡校，跟从道士张易简读书，听说当代有范仲淹、韩琦、富弼、欧阳修四位"人杰"，从此敬慕。

此年范仲淹官拜参知政事（副宰相），主持"庆历新政"。参寥子道潜生。

庆历五年（1045）乙酉 十岁

苏洵东游京师，拟应次年的"制科"考试。苏轼在家跟从母亲程夫人读《汉书》，程氏以古代贤臣事迹激励苏轼奋发有为。

此年范仲淹等离朝出任地方官，"庆历新政"结束。黄庭坚生。

庆历七年（1047）丁亥 十二岁

苏洵"制科"落第，南游庐山等地。五月，苏轼祖父苏序去世，苏洵闻讯返家，自此居丧读书，教养二子，并作《名二子说》勉之。

此年蔡京生。

皇祐元年（1049）己丑 十四岁

秦观生。

皇祐二年（1050）庚寅　十五岁

苏轼幼姊苏八娘嫁表兄程之才。

皇祐四年（1052）壬辰　十七岁

苏八娘嫁后郁郁不乐，与夫家矛盾，卒。苏、程两家绝交。此年范仲淹卒。

皇祐五年（1053）癸巳　十八岁

晁补之生。陈师道生。

至和元年（1054）甲午　十九岁

苏轼娶王弗为妻。益州（今四川成都）知州张方平到任，访求当地贤人，始知苏洵。

张耒生。

至和二年（1055）乙未　二十岁

苏洵上书张方平，苏轼跟随父亲至成都，谒见张方平，大受赏识。现知苏轼最早的古文《正统论》作于此年，乃继承发挥欧阳修《正统论》之观点而作。此时苏轼正准备科举应考，故除父亲苏洵外，又以欧阳修文章为典范，努力学习。

嘉祐元年（1056）丙申 二十一岁

张方平致书欧阳修，推荐苏洵。苏轼、苏辙随父进京，通过开封府的"解试"，获得次年礼部"省试"的参加资格。欧阳修任翰林学士，读苏洵文，认为当今古文第一，遂荐苏洵于朝。

嘉祐二年（1057）丁酉 二十二岁

欧阳修主持礼部"省试"，读苏轼应试文《刑赏忠厚之至论》，极为叹赏，但误以为此文乃弟子曾巩所作，为了避嫌，抑置第二名。苏轼、苏辙又参加仁宗皇帝在崇政殿亲自主持的"殿试"，皆登第。三苏父子名动京师。苏轼作《谢欧阳内翰书》《上梅直讲书》等感谢考官，欧阳修读苏轼书，不觉汗出，认为自己应当避路，"放他出一头地"。欧阳修接见苏轼，赋予他领导文坛之责任。母程氏卒于家，父子三人仓皇离京，回乡治丧。

此年曾巩、曾布、张载、程颢、吕惠卿、朱光庭、林希、刘庠等同登进士第，状元章衡。蔡卞生。

嘉祐四年（1059）己亥 二十四岁

苏轼、苏辙为母亲守孝期满，随父亲苏洵沿岷江、长江东下，再赴开封。岁末至湖北江陵，将父子三人一路唱和诗歌编成《南行前集》，苏轼作序。

此年章惇、刘挚进士及第。

嘉祐五年（1060）庚子 二十五岁

苏轼回朝，授官河南府福昌县主簿，未赴任。经欧阳修等推荐，准备参加次年举行的"制科"考试，名为"贤良方正能直言极谏科"。按规定，须提前一年交上五十篇策论，谓之"贤良进卷"。苏轼的"贤良进卷"后来编入《应诏集》，包括《留侯论》《贾谊论》等二十五篇"论"，和《策略》《安万民》《教战守》等二十五篇"策"，其中多有策论名作，全部在此年完成。

嘉祐六年（1061）辛丑 二十六岁

苏轼与弟苏辙一起参加"制科"考试，连名并中。欧阳修叹为"自前未有，盛事盛事"，仁宗皇帝认为自己给子孙找了两位宰相。苏轼授官大理评事、凤翔府签判，十一月赴任。苏辙授商州军事推官，但负责起草任命状的王安石认为任命不妥，封还词头，苏辙遂辞职，居家侍父。苏轼赴任途中有诗《辛丑十一月十九日，既与子由别于郑州西门之外，马上赋诗一篇寄之》《和子由渑池怀旧》等。

嘉祐七年（1062）壬寅 二十七岁

苏轼在凤翔府签判任，有《凤翔八观》诗、《喜雨亭记》。

秋日至长安，与章惇一起主持永兴军路、秦凤路"解试"。

嘉祐八年（1063）癸卯 二十八岁

苏轼在凤翔府签判任，有《凌虚台记》。

此年三月仁宗皇帝驾崩，英宗即位。八月王安石母卒，苏洵不赴吊，作《辨奸论》讽刺之。

宋英宗治平元年（1064）甲辰 二十九岁

年初，苏轼与章惇同游终南山。年末，苏轼凤翔府签判任满，转官殿中丞，启程归京。

治平二年（1065）乙巳 三十岁

苏轼自凤翔府归京，判登闻鼓院，召试馆职，除直史馆。妻王弗卒。

此年宋廷议论英宗生父濮安懿王称号，宰相韩琦、参知政事欧阳修，与天章阁待制司马光、御史吕诲、范纯仁等激烈争论，史称"濮议"。

治平三年（1066）丙午 三十一岁

苏洵卒于京师，苏轼、苏辙护丧返蜀。

治平四年（1067）丁未 三十二岁

苏轼居乡，为父亲服丧。

此年宋英宗驾崩，神宗即位。欧阳修罢参知政事，出知亳州。黄庭坚进士及第。

宋神宗熙宁元年（1068）戊申 三十三岁

苏轼、苏辙服丧期满，苏轼续娶王闰之，一家离蜀赴京，自此不再回乡。年末至长安，拜见韩琦。

此年神宗召见翰林学士王安石，酝酿"变法"。

熙宁二年（1069）己酉 三十四岁

二月，王安石任参知政事，设立"制置三司条例司"，主持"变法"。苏轼、苏辙至京。王安石认为苏轼与自己"学术素异"，除判官告院闲职。苏辙上书论政，除条例司检详文字。四月，诏令臣僚议论科举改革。五月，苏轼奏上《议学校贡举状》，反对科举改革，得到神宗召见。御史中丞吕诲弹劾王安石，被逐出朝廷。秋，苏轼为国子监考试官，所出策题讽刺王安石。苏辙主动离开"条例司"。司马光荐苏轼为谏官，神宗数次欲起用苏轼，皆被王安石阻止。冬，苏轼权开封府推官，作《上神宗皇帝书》万言，全面驳斥"新法"。

此年苏轼作《石苍舒醉墨堂》等诗。

熙宁三年（1070）庚戌 三十五岁

判大名府韩琦奏疏青苗法害民，苏轼作《再上皇帝书》，要求罢免王安石。神宗皇帝贬黜群官，扶持王安石。苏轼上《拟进士对御试策》，继续反对"新法"。苏辙出任陈州州学教授。御史谢景温（王安石亲家）诬奏苏轼贩卖私盐等，查无实据。

此年曾巩出任越州通判，苏轼作《送曾子固倅越得燕字》。王安石拜相。

熙宁四年（1071）辛亥 三十六岁

五月，苏轼在京作《净因院画记》。六月，除杭州通判，离京赴任。途经陈州，与弟苏辙会晤。九月离陈州，苏辙送至颍州，作《颍州初别子由二首》。在颍州拜谒欧阳修，作《欧阳少师令赋所蓄石屏》《陪欧阳公宴西湖》等诗。继续东行，沿途作《出颍口初见淮山，是日至寿州》《濠州七绝》《泗州僧伽塔》《龟山》《游金山寺》等诗。十一月至杭州，作《初到杭州寄子由二绝》。

此年司马光因反对"新法"，罢归洛阳。

熙宁五年（1072）壬子 三十七岁

苏轼在杭州通判任，作《戏子由》等诗，讽刺"新法"。游览西湖，作《六月二十七日望湖楼醉书五绝》。七月巡行属县，八月任进士"解试"考官,作《送杭州进士诗叙》,反对"新学"独断学术。时卢秉提举两浙盐事,严禁贩卖私盐,十二月,苏轼受命监视开挖"运盐河"工程,又至湖州考察堤岸,作《吴中田妇叹》《赠孙莘老七绝》等,指责并抗拒"新法"。

此年欧阳修卒,苏轼有《祭欧阳文忠公文》。又有《浪淘沙》(昨日出东城),是苏轼词中可以考定写作时间的最早作品。

熙宁六年(1073)癸丑 三十八岁

苏轼在杭州通判任,作《饮湖上,初晴后雨二首》《新城道中二首》《有美堂暴雨》《八月十五日看潮五绝》诸诗,又作《山村五绝》《和述古冬日牡丹四首》讽刺"新法"。冬日,至常、润、苏、秀等州赈济灾民,有《除夜野宿常州城外二首》。

此年朝廷设立"经义局",在宰相王安石主持下,修定《诗经》《尚书》《周礼》三经解释,谓之"三经新义",以为科举"经义"标准。沈括察访两浙路农田、水利、差役等事,至杭州,搜集苏轼近作,注明其讥刺"新法"含义,回朝奏上。刘安世、张耒登进士第。

熙宁七年(1074)甲寅 三十九岁

苏轼在杭州通判任,纳侍妾王朝云。七月,作《虞美人·有美堂赠述古》《菩萨蛮·西湖送述古》《南乡子·送述古》。九月,差知密州(今山东高密),离杭赴任,途经高邮,始读秦观诗词,盛赞之。十一月至密州，作《上韩丞相论灾伤手实书》《永遇乐》（长忆别时）。在此前后，杭州出版《苏子瞻学士钱塘集》。

此年大旱，流民多入京，京师监门官郑侠绘《流民图》上进，乞斩宰相王安石，被编管，但王安石亦由此罢相，出知江宁府。王安石同年韩绛任宰相，苏轼同年吕惠卿任参知政事，继续施行"新法"。

熙宁八年（1075）**乙卯 四十岁**

苏轼在密州知州任，作《蝶恋花·密州上元》，怀念杭州；又作《江城子·乙卯正月二十日夜记梦》，怀念前妻王弗；又作《江城子·密州出猎》，为第一首豪放词。在居所附近筑超然台，作《超然台记》，并邀弟苏辙、画家文同、弟子张耒等共作《超然台赋》，又邀司马光作《超然台诗》。

此年王安石复相，吕惠卿罢参知政事，王、吕不和。"三经新义"正式颁行。

熙宁九年（1076）**丙辰 四十一岁**

苏轼在密州知州任，有《望江南·超然台作》。八月中秋，作《水调歌头·丙辰中秋，欢饮达旦，大醉，作此篇，兼怀子由》。九月，移知河中府，十一月作《李氏山房藏书记》，离密州赴任。密州士民在城西彭氏园中供苏轼肖像，岁时拜谒。

此年王安石罢相，居江宁府。宋神宗亲自主持续行"新法"。

熙宁十年（1077）丁巳 四十二岁

二月，苏辙至澶、濮之间迎候苏轼，共至京师，有旨苏轼不许入国门，改知徐州。寓居开封城外范氏园，驸马王诜送唐人韩幹画马，作《书韩幹牧马图》诗。四月，与苏辙乘舟沿汴河东下，至徐州任，作《司马君实独乐园》《宿逍遥堂追感前约二首》《和子由会宿两绝》等诗。留苏辙过中秋后，送辙赴南京留守签判任，作《初别子由》诗。黄河决堤，水至徐州城下，苏轼亲率军民筑堤抗灾。十月，作《表忠观碑》。

此年高丽使者过杭州，购买苏轼集子而去。苏轼在杭州已出版《苏子瞻学士钱塘集》，此年前后又有《眉山集》问世，王安石罢相退居，曾读此集。

元丰元年（1078）戊午 四十三岁

苏轼在徐州知州任，春旱得雨，至石潭谢神，有《浣溪沙》五首。八月，在州城东门之上，筑成一座黄楼，以纪念去年抗灾，九月初九日举行落成典礼，有《九日黄楼作》诗，并请苏辙、秦观作《黄楼赋》，陈师道作《黄楼铭》。十月，作《日喻》，否定科举改革。十一月，有《放鹤亭记》《庄子祠堂记》。

此年黄庭坚开始寄诗来求教，苏轼作《次韵黄鲁直见赠古风二首》；秦观入京参加科举考试，路过徐州，来访，有诗赠苏轼，苏轼作《次韵秦观秀才见赠》；云门宗禅僧参寥子道潜亦来访，苏轼作《次韵僧潜见赠》《次韵潜师放鱼》《次韵参寥师寄秦观三绝》《百步洪二首》《送参寥师》等诗。

元丰二年（1079）己未 四十四岁

二月，苏轼移知湖州，有《江城子·别徐州》《西江月·平山堂》词，《罢徐州往南京马上走笔寄子由五首》《舟中夜起》等诗。途经高邮，载秦观、道潜一同至湖州，颇多唱和。七月，因御史中丞李定率御史舒亶、何正臣等弹劾苏轼诗语讥讽朝廷，指责皇帝，自湖州任上被拘捕入京。八月至京，系于御史台狱，作《予以事系御史台狱，狱吏稍见侵，自度不能堪，死狱中，不得一别子由，故作二诗授狱卒梁成，以遗子由二首》。十二月结案出狱，诏贬检校水部员外郎、黄州团练副使、本州安置。史称"乌台诗案"。苏辙被牵连，责监筠州（今江西高安）盐酒税，司马光等被罚金。

此年苏轼表兄画家文同（字与可）卒，苏轼作《祭文与可文》《文与可画筼筜谷偃竹记》。晁补之登进士第。

元丰三年（1080）庚申 四十五岁

正月初一自京师出发，途经陈州，晤苏辙，有《子由自南都来陈，三日而别》诗。将家眷托付苏辙，独自赴黄州，沿途有《蔡州道上遇雪三首》《过淮》《梅花二首》等诗。二月初一至黄州，有《初到黄州》诗。寓居定惠院，撰作《易传》《论语解》，又有《定惠院寓居月夜偶出》《寓居定惠院之东，杂花满山，有海棠一株，土人不知贵也》等诗，《卜算子·黄州定惠院寓居作》词，与司马光、章惇、秦观等书。五月，苏辙送苏轼家眷至黄州，迁居临皋亭。与苏辙游赤壁，辙有《赤壁怀古》诗，轼作《念奴娇·赤壁怀古》词。辙留伴十日后别去，轼有《次韵答子由》诗送别。云门宗禅僧佛印了元开始与苏轼通信。自冬至日起，苏轼借天庆观道堂三间，斋居四十九日。岁末，有答秦观书。

此年宋廷始议改革官制事，王安石封荆国公。

元丰四年（1081）辛酉 四十六岁

苏轼贬居黄州，有《正月二十日往岐亭，郡人潘、古、郭送余于女王城东禅庄院》诗、《方山子传》等。开始经营东坡，作《东坡八首》。李廌始与苏轼通信，继而来黄州求教。陈师道居徐州，其兄陈传道将苏轼在密州、徐州的作品分别编成《超然集》《黄楼集》，来信要求出版，被苏轼婉言拒绝。

此年宋神宗决策以五路兵进攻西夏，又欲召苏轼修国史，被执政所阻，遂改召曾巩。但神宗方年轻，喜读才气横溢的苏轼文，不喜严谨温厚的曾巩文，故对曾巩所撰不满，益想念苏轼。

元丰五年（1082）壬戌 四十七岁

苏轼贬居黄州，有《正月二十日与潘郭二生出郊寻春，忽记去年是日同至女王城作诗，乃和前韵》《红梅三首》《寒食雨二首》等诗，《定风波》(莫听穿林打叶声)、《浣溪沙》(山下兰芽短浸溪)词。《寒食雨二首》之墨迹，即传世的"黄州寒食诗帖"，历来被评为宋代行书第一。东坡雪堂筑成，居之，自号东坡居士，作《雪堂记》《怪石供》等。于秋、冬两次游赤壁，作前、后《赤壁赋》。怀念欧阳修，作《醉翁操》词，又作《洞仙歌》(冰肌玉骨)。

此年宋与西夏交战，宋兵大败于永乐城。神宗颇受打击，精神、身体开始不佳，从此对"旧党"人物常有示好之意。新官制颁布施行，神宗曾欲借此机会起用苏轼，被大臣阻止。

元丰六年（1083）癸亥 四十八岁

苏轼贬居黄州，有《六年正月二十日复出东门仍用前韵》《初秋寄子由》《东坡》诸诗。《水龙吟·次韵章质夫杨花词》《临江仙·夜归临皋》亦可能为此年所作。四月，曾巩去世，苏轼正好得眼病，逾月不出门，传闻遂误谓苏轼去世，神宗叹息久之。参寥子道潜来访。李格非（李清照父）可能亦于此年来访。十月十二日夜，有《记承天寺夜游》。

此年西夏攻宋，宋兵败求和。筠州知州请苏辙暂兼州学教授，因所作策题违反"三经新义"主旨，被国子监官员劾罢。

元丰七年（1084）甲子 四十九岁

正月，宋神宗亲出御札，令苏轼移任汝州团练副使、本州安置。苏轼于四月离黄州，作《别黄州》诗、《满庭芳》(归去来兮)词。乘舟沿江东下,至九江,二十四日夜宿庐山北麓圆通寺。五月至筠州访苏辙,相聚十日而别,作《别子由三首》。回程再游庐山,由道潜陪同,最后至东林寺参临济宗黄龙派常总禅师,作《初入庐山三首》《庐山二胜》《题西林壁》《赠东林总长老》等诗。六月,在湖口作《石钟山记》。七月,过江宁府,见王安石,相谈甚欢,有《次荆公韵四绝》诗,别后有《与王荆公二首》书。继至镇江金山寺,访佛印了元禅师。至常州宜兴县,买田安家。赋《菩萨蛮》(买田阳羡吾将老)。十月至扬州,上表请改常州居住。至高邮,会秦观,有《高邮陈直躬处士画雁》诗,又赋《虞美人》(波声拍枕长淮晓)别秦观。十二月抵泗州,再上《乞常州居住表》,遣人至南都应天府(今河南商丘)投呈,有《题雍秀才画草虫八物》《泗州除夜雪中黄师是送酥酒二首》诗。

此年司马光完成《资治通鉴》撰修。苏辙起知歙州绩溪县。

元丰八年(1085)乙丑 五十岁

正月离泗州,至南都应天府,得知朝廷已同意其常州居住之请求。三月,宋神宗驾崩,哲宗继位,太皇太后高氏垂帘听政,起用司马光、范纯仁等。苏轼在南都作《神宗皇帝挽词》,四月启程归常州,五月一日途经扬州,作《归宜兴留题竹西寺》诗,六日有诏苏轼恢复官爵,起知登州。苏轼于六月得诏,七月自常州北上,中秋夜在镇江金山寺,八月下旬渡淮河,作《杨康功有石，状如醉道士，为赋此诗》。九月十八日，诏苏轼回朝任礼部郎中。此月苏轼过密州，再游超然台，海行赴登州。十月十五日抵登州知州任，二十日得礼部郎中诏。在登州有《登州海市》诗、《书吴道子画后》。十一月启程赴京师，途经青州，与李定"相见极欢"。十二月至京，任起居舍人。有《惠崇春江晓景二首》《答张文潜县丞书》等。

此年秦观登进士第。苏辙以右司谏召回朝廷。

宋哲宗元祐元年（1086）丙寅 五十一岁

苏轼在京师。司马光主政，尽废"新法"，斥逐"新党"，史称"元祐更化"。闰二月，科举恢复诗赋考试，作《复改科赋》。三月，免试除中书舍人。四月，王安石卒，起草《王安石赠太傅制》，褒奖之。兼"详定役法"，以为不当废除"免役法"，与司马光意见不合。六月，经苏辙连续弹劾，吕惠卿贬建宁军节度副使、本州安置、不得签书公事，苏轼起草制书。八月，司马光同意复行"青苗法"，苏轼反对。九月一日，司马光卒，程颐主丧事，苏轼不满，常戏谑之，遂结怨。作《祭司马君实文》《司马温公行状》。十二日，任翰林学士，举黄庭坚自代，荐秦观应贤良方正能直言极谏科。与黄庭坚等游太乙宫，见王安石旧题六言诗，作《西太一见王荆公旧诗，偶次其韵二首》，黄庭坚亦次韵。御史孙升恐苏轼拜相，上奏言，苏轼只可任止翰林学士，不可执政。十一月，学士院考试馆职，苏轼为考官，撰《试馆职策题》。十二月，御史朱光庭弹劾苏轼策题语涉讥讽，苏轼上《辩试馆职策问札子二首》之一，为自己辩护。

此年苏辙至京师，任右司谏，激烈弹劾"新法""新党"，十一月升任中书舍人。张耒至京师，任太学录，又与晁补之、刘安世等同试学士院，授馆职。刘挚自御史中丞升执政。

元祐二年（1087）丁卯 五十二岁

苏轼在京师，正月十七日，再上《辩试馆职策问札子二首》之二。执政范纯仁认为苏轼无罪，御史中丞傅尧俞、御史王岩叟、朱光庭等坚持苏轼有罪，甚至当面斥责太皇太后包庇苏轼。此事至二十七日平息，但"旧党"内部党争自此走向激烈，朝臣分裂为"朔党""蜀党""洛党"，迭相攻轧，史称"洛蜀党争"，而苏轼为"蜀党"之首。《如梦令二首》（为向东坡传语）（手种堂前桃李）可能作于此年春。又有《书晁补之所藏与可画竹三首》《书李世南所画秋景二首》《书鄢陵王主簿所画折枝二首》等题画诗。八月，兼侍读学士，为哲宗皇帝讲课。十二月，御史赵挺之（赵明诚父）弹劾苏轼。

此年，苏辙升户部侍郎，程颐被逐回洛阳。

元祐三年（1088）戊辰 五十三岁

苏轼在京师，正月司马光下葬，苏轼撰《司马温公神道碑》，朝廷命苏轼主持科举"省试"，二十一日入试院，三月放榜。苏轼取章援（字致平）为省元，乃章惇子。李廌落第，苏轼作《余与李廌方叔相知久矣，领贡举事而李不得第，愧甚，作诗送之》。文同孙文骥（苏辙外孙）至苏家，作《文骥字说》。又有《书王定国所藏烟江叠嶂图》等题画诗多首。因台谏攻击，上章请求外任。

此年，秦观来京师应"制科"，遭台谏攻击，幸得宰相范纯仁保护，罢归蔡州。

元祐四年（1089）己巳 五十四岁

苏轼在京师，二月遭御史弹劾，三月以龙图阁学士知杭州，四月离京赴任，行前应范纯仁请求，作《范文正公集叙》。秦观弟秦觌从苏轼学，随行，七月至杭州任。十月兴工浚治西湖，十一月又因浙西七州旱灾，奏请赈济。在杭有《去杭十五年复游西湖用欧阳察判韵》《与莫同年雨中饮湖上》《参寥上人初得智果院，会者十六人，分韵赋诗，轼得心字》等诗。

此年范纯仁罢相，苏辙为翰林学士、吏部尚书，出使辽国，见苏轼《眉山集》已传至彼邦。

元祐五年（1090）庚午 五十五岁

苏轼任杭州知州，继续奏请赈济，创建公共医院，筑成西湖"苏堤"。有《安州老人食蜜歌》《问渊明》等诗，《六一泉铭》等文。

此年苏辙出使归,任御史中丞,宰相吕大防、执政刘挚欲采"调停"政策,允许"新党"入朝,因苏辙激烈反对而罢。秦观自蔡州奉诏进京,任秘书省校正黄本书籍。

元祐六年(1091)辛未 五十六岁

苏轼任杭州知州,正月以吏部侍郎召回朝廷。二月,苏辙为尚书右丞(副宰相),避亲嫌(兄弟同官尚书省),改任苏轼为翰林学士承旨。三月离杭州,作《八声甘州·寄参寥子》别道潜,又有《予去杭十六年而复来,留二年而去,平生自觉出处老少粗似乐天,虽才名相远,而安分寡求,亦庶几焉。三月六日,来别南北山诸道人,而下天竺惠净师以丑石赠行,作三绝句》诗、《参寥泉铭》等。五月至南都应天府,上《杭州召还乞郡状》,朝廷未许,又命兼侍读学士。至京,寓居苏辙东府(宰执官署)。在京作《黠鼠赋》《六一居士文集叙》《圣散子后叙》《上清储祥宫碑》《漱茶说》等文。"洛党"贾易弹劾不已,苏轼自辩,朝廷两罢之,八月,苏轼以龙图阁学士知颍州,作《感旧诗》留别苏辙。闰八月至颍州任,代陆佃(陆游祖父),陈师道、赵令畤在属下,欧阳修子欧阳棐、欧阳辩亦居此,时有唱和,后来由赵令畤编成《汝阴唱和集》。作《颍州祭欧阳文忠公夫人文》《赵德麟字说》《洞庭春色赋》《秋阳赋》等,并因滁州知州请求,大书欧阳修《醉翁亭记》刻石,拓本今存。

此年刘挚拜相,苏辙执政。因左、右相吕大防、刘挚不和，朝臣再次组成朋党相攻，苏辙较倾向吕大防，刘挚罢相。东林常总禅师圆寂。

元祐七年（1092）壬申 五十七岁

苏轼任颍州知州，正月移知郓州，又改扬州。三月到任，时晁补之为扬州通判，有唱和。在扬州作《潮州韩文公庙碑》《石塔戒衣铭》等文，又有《和陶饮酒二十首》，为和陶诗之始。七月，以兵部尚书充南郊卤簿使，召回朝，继又兼侍读学士。九月至京师，十一月任端明殿学士、翰林侍读学士、礼部尚书。

此年苏辙进官门下侍郎，程颐服父丧期满，欲入朝，被苏辙所阻，闲置洛阳。

元祐八年（1093）癸酉 五十八岁

苏轼在京任职，作《书丹元子所示李太白真》诗、《乞校正陆贽奏议上进札子》等。御史黄庆基弹劾苏轼、苏辙，被逐。苏轼自请外任，六月得命知定州。八月，妻王闰之卒。九月离京，有《东府雨中别子由》诗，欧阳棐、张耒、李廌等人为苏轼饯行，李之仪随至定州为幕僚，书童高俅留驸马王诜家。十月至定州，有《雪浪石》《鹤叹》诗。

此年九月，太皇太后高氏崩，宋哲宗亲政。范纯仁再次拜相。

元祐九年即绍圣元年（1094）甲戌 五十九岁

苏轼在定州任知州，作《中山松醪赋》《雪浪斋铭》。宋哲宗行"绍述"之政，恢复神宗"新法"，改元绍圣，罢免吕大防、范纯仁、苏辙，召回章惇、曾布、蔡卞。苏轼于四月被剥夺端明殿学士、翰林侍读学士职，以左朝奉郎知和州，又改英州，又降官左承议郎。闰四月离定州，六月责授宁远军节度副使、惠州安置。遂留家属于宜兴，与侍妾朝云、幼子苏过赴岭南，途中作《壶中九华诗》《南康望湖亭》《江西》《秧马歌》《八月七日初入赣，过惶恐滩》《舟行至清远县，见顾秀才，极谈惠州风物之美》《游罗浮山一首示儿子过》等诗。十月至惠州，有《十月二日初到惠州》诗。寓居合江楼，不久迁居嘉祐寺，有《朝云诗》《白水山佛迹岩》《十一月二十六日松风亭下梅花盛开》等诗。《记游松风亭》亦作于此前后。

此年苏辙于三月罢执政，出知汝州，六月降官知袁州，七月贬筠州居住。秦观谪监处州茶盐酒税。朝臣张舜民出使辽国，知范阳书肆已出版《大苏小集》。

绍圣二年（1095）乙亥 六十岁

苏轼贬居惠州，作《上元夜》《龙尾石研寄犹子远》《真一酒》《游博罗香积寺》诸诗。三月，表兄程之才以广南东路提点刑狱使巡行至惠州，苏轼复居合江楼。作《四月十一日初食荔支》《荔支叹》《六月十二日酒醒步月理发而寝》《食槟榔》《江月五首》《小圃五咏》《残腊独出二首》等诗,《虔州崇庆禅院新经藏记》《葬枯骨疏》等文。

此年黄庭坚贬黔州。沈括卒。

绍圣三年(1096)丙子 六十一岁

苏轼贬居惠州,有《新年五首》《食荔支二首》及和陶诗多首。四月,复迁嘉祐寺,始营白鹤新居,作《迁居》《纵笔》诗。七月,侍妾朝云卒,八月葬于栖禅寺松林中,作《朝云墓志铭》《悼朝云》诗、《惠州荐朝云疏》。九月,有《丙子重九二首》。冬日作《西江月·梅花》词悼朝云。

此年前后,参寥子道潜遭两浙路转运使吕温卿(吕惠卿弟)迫害,剥夺僧籍,还俗,编管兖州。

绍圣四年(1097)丁丑 六十二岁

苏轼贬居惠州,有《丁丑二月十四日,白鹤峰新居成,自嘉祐寺迁入,咏渊明〈时运〉诗云:"斯晨斯夕,言息其庐。"似为余发也,乃次其韵。长子迈与余别三年矣,挈携诸孙,万里远至,老朽忧患之余,不能无欣然》诗。朝廷追贬"元祐党人",闰二月,苏轼贬琼州别驾、昌化军(儋州)安置。四月离惠州,途中遇苏辙,同行至雷州。六月,别弟渡海,作《行琼、儋间,肩舆坐睡,梦中得句云"千山动鳞甲,万谷酣笙钟",觉而遇清风急雨,戏作此数句》。七月至儋州,居桄榔林下,作

《桄榔庵铭》,又有《儋耳山》《夜梦》《迁居之夕,闻邻舍儿诵书,欣然而作》及和陶诗多首。知昌化军张中到任,请苏轼居官舍。

此年苏辙责授化州别驾、雷州安置。秦观编管横州。佛印了元圆寂,吕大防、刘挚贬死。

元符元年(1098)戊寅 六十三岁

苏轼贬居海南,二月以《沉香山子赋》祝苏辙六十岁生日。三月,作《众妙堂记》。朝廷遣董必察访两广,将苏辙移循州安置,将苏轼逐出官舍。苏轼遂于城南买地,筑室五间,当地士人多助之。九月,有《试笔自书》《书海南风土》等小品文。

此年秦观移送雷州编管。

元符二年(1099)己卯 六十四岁

苏轼贬居海南,作《书上元夜游》《十八大阿罗汉颂》《学龟息法》《书杜子美诗后》《记海南菊》等文,《被酒独行,遍至子云、威、徽、先觉四黎之舍三首》《纵笔三首》及和陶诗多首,《减字木兰花·己卯儋耳春词》《千秋岁·次韵少游》词。同年刘庠孙刘沔过海来访,呈其所编苏轼诗文二十卷。

在章惇主持下,宋与西夏连年作战,至此年,西夏请罪。黄河决口。

元符三年（1100）庚辰 六十五岁

苏轼贬居海南，正月，有《庚辰岁人日作，时闻黄河已复北流，老臣旧数论此，今斯言乃验二首》诗。宋哲宗崩，弟端王赵佶继位，即宋徽宗，向太后同听政。二月，诏苏轼移廉州安置。四月，又授舒州团练副使、永州居住。六月离海南，有《汲江煎茶》《儋耳》《别海南黎民表》《澄迈驿通潮阁二首》《六月二十日夜渡海》诗，至雷州，晤秦观。七月至廉州，有《书合浦舟行》。八月得永州居住诏令，离廉州。十月至广州。十一月，诏苏轼复官朝奉郎、提举成都府玉局观、在外州军任便居住。离广州北上，有《答谢民师书》。

此年秦观卒。苏辙北归至颍昌府。章惇、蔡卞罢免，蔡京落职居杭州。曾布拜相。

宋徽宗建中靖国元年（1101）辛巳 六十六岁

苏轼在北归途中，正月过大庾岭，有《赠岭上老人》《赠岭上梅》《予昔过岭而南，题诗龙泉钟上，今复过而北，次其韵》《过岭二首》诸诗，至南安军、虔州，作《刚说》《南安军学记》等。晤刘安世。三月离虔州，至南昌。四月至南康军，与刘安世同入庐山。过湖口、池州、芜湖，抵当涂，五月至江宁府、真州，本欲赴颍昌府与苏辙聚，后决定往常州。六月始病，瘴毒大作，舟赴常州，上表请老，以本官致仕。七月，径山维琳禅师来访，二十六日作《答径山琳长老》，为绝笔。二十八日卒。

此年章惇贬雷州司户参军。蔡京与宦官童贯结盟，渐得宋徽宗信任，此后将主政二十余年。范纯仁、陈师道卒。参寥子道潜恢复僧籍。黄庭坚在北归途中，留滞荆州，后于崇宁四年(1105)九月三十日贬死宜州。苏辙闲居颍昌府，至政和二年(1112)十月三日卒。刘安世北归后，又历遭贬窜，至宣和七年 (1125) 卒，于元祐大臣中最为后凋。

苏轼《答谢民师帖卷》

轼石是文之意疑若不然求物之妙如係风捕景能使是物了然于心者盖千万人而不一遇也而况能使了然于口与手者乎是之谓词达词至于能达则文不可胜用矣扬雄好为艰深之词以文浅易之说为正言之则人人知之此雄之所谓雕虫篆刻者其太玄法言皆是物也而独悔于赋何哉终身雕虫而独变其音节便谓之经可乎屈原作离骚盖风雅之再变者虽与日月争光可也可以其似赋而谓之雕虫乎使贾谊见孔子升堂有余矣而乃以赋鄙之至与司马相如同科雄

（右苏轼书答谢民师论文帖）